和光同尘

行　超⊙著

中国言实出版社

图书在版编目(CIP)数据

和光同尘 / 行超著. -- 北京：中国言实出版社，
2023.3
ISBN 978-7-5171-4396-3

Ⅰ.①和… Ⅱ.①行… Ⅲ.①中国文学－当代文学－
文学评论－文集 Ⅳ.①I206.7-53

中国国家版本馆CIP数据核字（2023）第036904号

和光同尘

责任编辑：宫媛媛
责任校对：张馨睿

出版发行：中国言实出版社
  地 址：北京市朝阳区北苑路180号加利大厦5号楼105室
  邮 编：100101
  编辑部：北京市海淀区花园路6号院B座6层
  邮 编：100088
  电 话：010-64924853（总编室） 010-64924716（发行部）
  网 址：www.zgyscbs.cn 电子邮箱：zgyscbs@263.net

经 销：新华书店
印 刷：北京铭传印刷有限公司
版 次：2023年3月第1版 2023年3月第1次印刷
规 格：880毫米×1230毫米 1/32 7.875印张
字 数：168千字

定 价：62.80元
书 号：ISBN 978-7-5171-4396-3

目 录

第一辑　文学"情本体"

有情世界的歌颂者　　　　　　　　　　　　　　/ 3

细小而忧伤　　　　　　　　　　　　　　　　/ 20

"但我曾卷入更加汹涌的波涛"　　　　　　　　/ 24

爱是内心的海啸　　　　　　　　　　　　　　/ 29

写作者的尊严　　　　　　　　　　　　　　　/ 34

爱的辩证法　　　　　　　　　　　　　　　　/ 38

第二辑　种子与土壤

想象一个女人　　　　　　　　　　　　　　　/ 45

"现实"作为种子　　　　　　　　　　　　　　/ 61

"你的屋子"，或一种现实   / 77

一个时代的"新角色"   / 89

"到底什么是独立、自由"   / 103

都市生活与江南风貌   / 109

第三辑　美，及其突围

把自己作为方法   / 119

小说家的"中年"   / 125

美的突围   / 138

雾中风景   / 143

寂静的乡村   / 151

第四辑　成长未完成

新世纪以来"80后"文学的几个转向   / 159

英雄的落败   / 169

残酷的抒情诗   / 173

成长未完成   / 182

远方及其所创造的   / 187

"断腕"与"漫游"   / 192

第五辑　幻想，或未来

小说的光韵　　　　　　　　　　　　　　　　／ 199

沈大成："清爽"地造梦　　　　　　　　　　　／ 208

"只有一首诗能够承受"　　　　　　　　　　　／ 219

"现在，让我们开始玩"　　　　　　　　　　　／ 235

| 第一辑 |

文学"情本体"

有情世界的歌颂者

——"70后"写作与抒情传统的新变

在整体崇尚现代理性的社会，"情"的意义正在遭遇着消解与危机。个体生活中，我们被教育要时刻保持客观、理智，切忌"感情用事"；我们更看重那些可以量化的标准与条件，"感情因素"是不稳固的、不值得信赖的。甚至，在本应提供爱与美的乌托邦的文学世界中，思想深度、哲学思辨能力逐渐成为更重要的坐标，"抒情"变得无足轻重，甚至有时竟是肤浅的代名词。然而，如果文学真的抽空了"情"，它将如何区别于一篇社科论文、一则新闻报道？在那些冰冷的数字与考据之外，它还能提供什么特有的价值？在没有"情"的文学中，柏拉图曾赞赏的迷狂般的灵感降临将不复存在，一切书写不过是"技艺"的演练。"文学已死"的论调已经是笼罩我们多年的巨大焦虑，也正是在这样的焦虑下，重新呼唤情感的力量，重提文学的"抒情"更显得重要而迫切。

20世纪中期，华裔美籍汉学家陈世骧在比较文学的视野中发现，西方文学起源于荷马史诗、古希腊戏剧，而"中国文

学的荣耀并不在史诗；它的光荣在别处，在抒情诗传统里"。^①
这一理论虽然有明显的盲点与偏颇之处：抒情与史诗不可能全然对立、互斥，在具体的文学作品中，两者也常有彼此渗透的瞬间。但是，抒情诗作为中国古典文学的最高成就，已是不争的事实。王国维在点评中国古诗词时发现，古诗词中的景物描写所指向的是主体抒情的需要，所谓"一切景语，皆情语也"，^②而"叙事的文学，则我国尚在幼稚之时代"。^③从中国古典抒情诗开始，"有情"的传统对中国文人之影响可谓深入骨髓，从"兴、观、群、怨"到"文以载道"、"感时伤怀"、"托物言志"，及至现当代文学，在"革命压倒启蒙"的背景之下，仍有以沈从文、路翎等为代表的书写，延续着中国文学的抒情传统。

沿着这一路径来考察新时期以后的文学写作，以及如今的"70后"写作，我们会发现其中一种隐秘的变化。20世纪八九十年代以来，在西方现代派文学的影响下，以"50后"、"60后"为创作主体的先锋文学、新写实小说等热潮中，"抒情"遭到了创作者的拒斥。他们或推崇"零度"的写作姿态，或相信"形式即意义"，他们要反抗的正是此前占据主流的宏大叙事、政治话语，也是中国文学一以贯之的"文以载道"的抒情方式与为文之道。"70后"一代作家，恰恰是在这样的语境

---

① 陈世骧《陈世骧文存》，沈阳：辽宁教育出版社，1998，第 2—6 页。
② 王国维《人间词话》，见谢维扬、房鑫亮主编《王国维全集·第一卷》，杭州：浙江教育出版社，2009，第 502 页。
③ 王国维《文学小言》，见谢维扬、房鑫亮主编《王国维全集·第十四卷》，杭州：浙江教育出版社，2009，第 96 页。

中成长的。1998年，《作家》杂志推出"70年代出生的女作家小说专号"，这次亮相被认为是"70后"作家集体"出道"的标志。如今，二十多年过去，商业化、市场化的浮光掠影逐一褪去，"70后"一代真正的文学品质逐渐显现出来。经历了时间的淘洗，他们笔下的文学世界也呈现出相对稳定的价值取向、情感结构与美学特点。如今我们看到，"70后"的写作首先延续了新时期文学对宏大叙事的疏离与解构，以及市场经济以来"躲避崇高"的审美取向。与此同时，不同于他们的前辈，"70后"的写作大胆张扬个人情感，个体化的写作视野、琐碎的日常细节、幽微的情感深渊，以及消弭了时代背景、道德评判以及意识形态意义的生活本身，始终是最被这代人珍视的部分。在这个意义上，"70后"的写作，很大程度上承继了中国文学的抒情传统，但另一方面，在新的时代背景和西方文学思潮的影响下，他们的抒情方式又呈现出诸多变化。

个人与日常的复归

在相当长的一段时间里，中国文学叙事推崇的是与家国叙事相关联的"大我"，个体化的"小我"则是被拒绝、被贬斥的。一旦涉及个人情感、夫妻关系、家庭生活，都需要被放置在宏大话语的逻辑之下，方可得到呈现。新时期以来，在"向内转"等美学观念的影响下，文学叙事也发生着转变，人们重新发现了个体情感、日常生活的美学价值与现实意义，而"70后"的写作正是这一转变的典型表现。

　　如同魏微在中篇小说《大老郑的女人》中写到的，"似乎在睡梦之中，还能隐隐听到，我父亲在和大老郑聊些时政方面的事，关于经济体制改革，政企分开，江苏的乡镇企业，浙江的个体经营……那还了得！——只听我父亲叹道，时代已发展到什么程度了！我们两家人，坐在那四方的天底下，关起院门来其实是一个完整的小世界。不管谈的是什么，这世界还是那样的单纯，洁净，古老……使我后来相信，我们其实是生活在一场遥远的梦里面，而这梦，竟是那样的美好。"[①] 如今看来，这段描写仿佛是对这代人写作的某种隐喻。对于"70后"作家来说，"时代发展到什么程度"似乎并不是他们最为关注的对象，那只是一个"隐隐"的背景，他们更倾向于构建一个与世隔绝的"完整的小世界"，这个梦境般的存在"单纯，洁净，古老，美好"，更承载着这代人的审美与价值。

　　在《现代"抒情传统"四论》中，王德威曾指出了中国的"抒情"与西方之区别，"诚如学者阿拉克所指出，西方定义下的'抒情'与极端个人主义挂钩，其实是晚近的、浪漫主义表征的一端而已。而将问题放回中国文学传统的语境，我们更可理解'抒情'一义来源既广，而且和史传的关系相衍相生"。[②] 也就是说，西方文学传统中的抒情，更多与浪漫主义、个人主义相关联，而中国文学中的抒情则通常与社会现实、国家民族话题等息息相关，即便是个人情怀的主观抒发，也常是作为公

---

① 魏微《大老郑的女人》，《人民文学》2003 年第 4 期。
② 王德威《现代"抒情传统"四论》，台北：台湾大学出版中心，2011，第 2 页、第 72 页。

共生活中的一部分而得以呈现的。20世纪80年代洞开的国门，让西方文化、艺术思潮急速涌入中国，"70后"作家成长于这一时期，他们中的许多人，在其写作初期都深刻地受到西方现代派等的影响。也正是在这个意义上，"70后"笔下的抒情与中国古典文学中的"抒情传统"呈现出根本的区别，他们的"抒情"并不仅为"言志"或"载道"，更受到西方浪漫主义、个人主义的影响，他们对于日常生活、世俗经验的描摹，对于个体情感的反复咀嚼等，都是基于这一根本立场而产生的。事实上，在很长的一段时间里，文学界对于"70后"写作"眼界狭窄"、"格局狭小"的批评，也恰恰来源于此。

对于个体生活的日常性的重视，是西方人文主义的基本起点。在中国古典文学中，《诗经·国风》、明清世情小说等，也都是来源于日常生活的生动书写。日常生活中蕴藏着最漫长、最绵延不息的生命能量，因而，这类写作得以穿越时空、跨越地域，长久地规约着人类最普遍的情感。"70后"的写作一方面接续着中国古典文学中的日常书写；另一方面又与近代中国的"宏大叙事"传统相区别，显示出重要的转折意义。在"70后"笔下，政治、历史、现实、未来……所有的宏大主题都需要通过个体的人、细碎的生活而进行呈现与传递，唯其如此，那些遥远而宏大的话题方可获得价值。

张楚的中篇小说《中年妇女恋爱史》围绕女主人公茉莉失败的恋爱经历而展开，将故事从1992年讲到了2013年。在每章的最末，张楚以"大事记"的形式记录了这一年真实发生的重要历史事件，以及关于外太空的零星幻想。这种形式的并立仿佛告诉我们，那些历史书写中举足轻重的"大事"，在个体生命中都不过是一个模糊的背景，而那些看似琐碎平凡却真实发生在我们身边的"小事"，才具有真正崇高的史诗性。也正是因为这样的立场，张楚以及他所代表的"70后"写作，他们抛弃了对笔下人物的是非评价、道德判断，而是深刻感知着每个人的具体处境以及他们各自的悲哀、无奈，对他们来说，万物皆可含情，万事皆应被称颂。

与此同时，同样是面对"一地鸡毛"般的日常生活，"70后"与他们的前辈——新写实小说作家——也存在根本的不同：新写实小说的基本诉求是写出生活的本相与"真实"，他们在写作中的情感态度是"零度"的，他们的价值观是"冷也好热也好，活着就好"。而"70后"则试图在深入描摹生活细节的同时，发现并阐释其间所蕴含的审美价值、情感力量，换言之，个体的抒情是其描摹日常的旨归与贯穿始终的诉求。在乔叶的小说《最慢的是活着》中，祖母从小不喜欢"我"，"我"曾因此"记仇"，却拗不过时光的磨洗、血缘的纠葛，直到走过漫长的生命才终于发现，"我的新貌，在某种意义上，就是她的陈颜。我必须在她的根里成长，她必须在我的身体里复现，如同我和我的孩子，我的孩子和我孩子的孩子，所有人的孩子和所有人孩子的孩子。活着这件原本最快的事，也因此，变成了最慢。生命将因此而更加简约、博大、丰美、深邃和慈悲。"① 日常生活本身是冗长而琐碎的，甚至常常包含着恶与恨，

---

① 乔叶《最慢的是活着》，《收获》2008年第3期。

就像小说中的"我"与祖母之间长达数十年的情感恩怨、爱恨纠缠一样，日复一日又满目疮痍。但另一方面，这些所有的恩怨与纠缠，恰恰都来自于"情"，日常生活之所以绵延不断，除了一成不变的时光的流淌，还有更重要的，就是"情"的生发、起伏、冲突与和解。如同这部小说所展示的，在有情的世界中，日常生活的价值得以被发现、被赋予，个体生命也因此得以延续。在"70后"的写作中，日常叙事最重要的价值，恰恰也是对其中所蕴含的丰沛的人情与人性的发掘。这种来源于日常的美学与诗意，是"70后"文学书写的基本底色。

古典美学的传承与再造

在《天真的诗与感伤的诗》中，席勒曾耐心辨析了两种写作方式，由此也延伸出两种不同的人生观。在他看来，"天真派"写作的方式是"模仿现实"，他们的最高成就是"成为自然"；而"感伤派"则注重描绘理想，希图寻觅已经失去的自然。席勒所说的两种写作方式之间的区别，正是古典美学与现代美学的重要分野。在中国，从深信"朴素而天下莫能与之争美"的老庄思想，到"以和为美"的礼义规范，"天人合一"、"物我两忘"式的人与自然的和谐统一，始终是中国古典美学的核心追求。同样是抒情，古典美学倾向于将其对象道德化，一片叶子、一只小鸟、一间陋屋，它们本身并不具有美学意义，通过赋予其道德的力量——它们自然而然、默默生长，它们用最简单的力量实现了永恒——古典主义者完成了审美与抒情。

而现代主义的抒情对象，则常常指向孤独、生死，以及灵魂与精神等形而上的问题。在这个意义上，以儒家文化为核心的中国传统道德，代表了中国古典美学的精神要义。而对于这一传统道德的表达与书写，也成为中国文学中抒情的重要表现形式。

在现代化高速发展的当下，中国古典文化中的平和、安静、诗意，及其背后所蕴含的"真善美"的伦理价值，逐渐成为对抗庸常化、世俗化、碎片化的精神象征，抚慰着生活在浮躁与喧嚣中的人们。东君的短篇小说《听洪素手弹琴》，写出了古典诗意在现代都市生活中的落寞与困境，小说中的洪素手仿佛生活在两个世界中：一个是作为打字员的现实世界，另一个是与古琴相伴的精神世界。小说有着明显的古典气韵，古琴以及以此为代表的中国古典文化，既是挣扎在现实泥淖中的洪素手们的精神寄托，更传递出作者的价值取向与美学追求。以东君为代表的一批"70后"作家，正是这样在写作中将古典美学与传统美德熔为一炉，共同构建起作者的抒情世界。

在谈及长篇小说《北鸢》的故事为何定格在1947年时，作者葛亮说："从我的角度来说，这也是一种美感的考虑。因为以我这样一种小说的笔法，我会觉得在我外公和外婆汇集的一刹那，是他们人生中最美的那一刻。到最后他们经历了很多苦痛，中间有那么多的相濡以沫，但是时代不美了。"[1]葛亮偏爱"美"的事物，《北鸢》充分显示了他的美学，这种"美"首先体现在作家的语言上，小说用一种雅正、冲淡、极富古典意蕴

---

[1] 武靖雅《葛亮专访》，界面新闻，2016年10月11日。

的语言，与中国文学传统相呼应，在当下文学写作中显得殊为独特珍贵。小说聚焦民国时期的"大历史"，如他所说，"这就是大时代，总有一方可容纳华美而落拓的碎裂。现时的人，总应该感恩，对这包容，对这包容中铿锵之后的默然。"①葛亮无意于叙述那个时代流血的战争、政党的倾轧，他所注目的是其中浮萍般的个体，那些身处时事漩涡却依然有所坚守的人们。究其根本，前者充满了暴力与冲突，这些在葛亮看来大抵是"不美"的；后者则饱含着妥协与平衡——而这，恰恰是他所推崇的古典美学的核心。小说书写了乱世中的人们是如何艰难地传承着旧时代风骨、大家族礼仪，他们所坚守的传统文化，尤其是其中的礼义道德，正是最令葛亮倾心之处，他们的温和、敦厚、谦逊有礼、翩翩风度，都承载并传递着作者的审美偏好与追求。

有趣的是，虽然葛亮在小说中反复颂扬传统美德，但他更推崇与重视的其实是个体及其"私德"，而非与宏大叙事相纠缠的"公德"。在《北鸢》中，"国仇"被一一转化为"家恨"，所谓的大历史，只有与个体命运发生纠缠时，才真正得以镌刻进寻常人的生命。小说中，仁珏投身革命并不是出于信仰，而是源于对范逸美的特殊感情；名伶言秋凰的抗日义举，实则是为了替自己的女儿仁珏复仇。相对于"史诗传统"下的历史叙述，以葛亮为代表的"70后"作家更关注其中的个体命运及其情感世界。历史本身成为作家借以自我抒情的载体与对象，书写历

---

① 葛亮《北鸢·自序》，北京：人民文学出版社，2016，第Ⅵ页。

史并不仅是为了"抵达某种真实",更重要的是重新发现其中的每一个个体,进而找到这条浩荡长河中"我"的位置。《北鸢》的扉页上写着,"谨以此书献给我的祖父葛康俞教授",在历史与家族史的视野中,这样的写作无疑是一场重要的文字仪式,而对于作家个体来说,这更是对自我身份的探寻与厘清。

在评点《红楼梦》的美学价值时,王国维曾将"美"分为两种:"一曰优美,二曰壮美",前者令"吾心之宁静",后者则使"意志为之破裂"。[①]如果说葛亮的写作体现了"70后"作家对于"优美"的追求,那么,李修文似乎更钟情于令人震颤的"壮美"。从《山河袈裟》到《致江东父老》,抒情于李修文而言并不只是修辞方式,更是他的写作路径与美学。李修文偏爱那些浓烈的、磅礴的,甚至宏大得让多数人望而却步的词语,比如"人民"。"是的,人民,我一边写作,一边在寻找和赞美这个久违的词。就是这个词,让我重新做人,长出了新的筋骨和关节。""刹那之间,我便感慨莫名,只得再一次感激写作,感激写作必将贯穿我的一生,只因为,眼前的稻浪,还有稻浪里的劳苦,正是我想要在余生里继续膜拜的两座神祇:人民与美。"[②]在曾经的中国文学作品中,"人民"有时是革命话语中剥离了真实肉身的符号,有时是知识分子眼中被给予厚望的启蒙者、救赎者,有时又是作为崇高与光明对立面的"底层"、"小人物",他们不断地被书写、被代表,却始终是沉默而尴尬的

① 王国维《红楼梦评论》,见谢维扬、房鑫亮主编《王国维全集·第一卷》,杭州:浙江教育出版社,2009,第57页。
② 李修文《山河袈裟·自序》,长沙:湖南文艺出版社,2017,第2页。

"他者"。李修文的写作重新定义了"人民"这个在不同历史语境中被不断赋予复杂意义的词汇，他与盲人一同行夜路（《三过榆林》）、与身患绝症的姑娘一起"偷青"（《恨月亮》）、为尘肺病人和他生病的女儿摘过苹果花（《长夜花事》）……经由这些活生生的日子，李修文剥去了那些加诸"人民"身上的想象，将他们重新还原为朴素而至善的、具有巨大势能的个体生命——他们更像是《国风》中的劳动者或是他所钟爱的杜甫笔下的"天下寒士"，他们困顿而坚韧，籍籍无名却又生生不息。

　　这些平凡的生命、困顿的生活为什么值得歌颂？仅仅审美是断然不够的，更重要的是他们身上所携带的道德与生命的力量——正像是永恒不变的大自然带给我们的启示，"我们爱的不是这些东西本身，而是它们所代表的一种思想。我们爱它们身上的那种静静地进行创造的生命，它们主动的、默默无闻的工作，它们依自身规律而存在、内在的必然性，永恒的自我统一。它们的现在就是我们的过去；它们现在是什么样子，我们将来也该重新变成什么样子。"[1] 于是，在这些平凡的"人民"身上，李修文重新发现了那古老而美好的情感，那曾经被歌颂又被遗忘的"真善美"。进而，作者重新发现了作为"人民"之一的自己，"我曾经以为我不是他们，但实际上，我从来就是他们"。[2] 为了"配得上"他们，作家改造了自己的语言、改造了此前作为小说家的"虚构"的抒情方式，在与之相匹配的，更

---

[1]［德］席勒著《席勒文集 VI，理论卷》，张佳钰、张玉书、孙凤城译，北京：人民文学出版社，2005，第 79 页。

[2] 李修文《山河袈裟·自序》，长沙：湖南文艺出版社，2017，第 3 页。

接近古典美学的诗词、民间戏曲等艺术形式中找到共鸣，开始重新写作，甚至可以说是重新生活。话语方式与情感方式一经打通，所有的磅礴与浓烈也都显得理所应当。由是，李修文与他笔下的"人民"结成了同盟，构筑起牢靠的情感共同体。也正是因此，他的写作重新海阔天空。

反抒情时代的抒情

作为一种与古典美学、古典精神高度适应的表达形式，抒情在中国传统的文学书写中具有重要的地位，所谓"兴观群怨"，其背后均指向了抒情。然而，随着小说观念的变化，尤其是在现代性的视野中，我们开始强调写作的"零度"、作家的退隐，甚至对一切价值与意义进行着乐此不疲的反讽与消解。抒情的写作，也在这一观念的影响下遭到了冷遇。然而，情感及其表达的欲望，如同人性本身一样，是亘古不变、不容否定的。如同李泽厚所说，中国文化之核心是"情本体"，以家国情、亲情、友情、爱情等各种"情"作为人生的最终实在和根本。[①] 那么，我们有必要追问，在如今这样"反抒情"的时代中，"抒情"是否还有可能？或者说，我们的"情"将归于何处？

在石一枫的写作中，我发现了这种可能。中篇小说《世间已无陈金芳》塑造了属于我们这个时代的"典型人物"，农村女孩陈金芳跟着在部队食堂打工的姐姐、姐夫来到北京，从被

---

① 李泽厚《实用理性与乐感文化》，北京：生活·读书·新知三联书店，2005，第55页。

侮辱、被挤兑的外地人，一步步变身为高贵优雅的文化商人陈予倩。然而这一切不过是美丽却虚幻的泡沫，小说最后，陈金芳涉嫌诈骗，被警察带走。通过呈现陈金芳的奋斗及其失败过程，小说折射出现代都市中每个人的欲望、不甘与幻灭，"等我醒过神来，眼前已经空无一人。我的灵魂仿佛出窍，越升越高，透过重重雾霭俯瞰着我出生、长大、常年混迹的城市。这座城里，我看到无数豪杰归于落寞，也看到无数作女变成怨妇。我看到美梦惊醒，也看到青春老去。人们焕发出来的能量无穷无尽，在半空中盘旋，合奏成周而复始的乐章"。①小说末尾的这段话，仿佛菲茨杰拉德面对着他笔下死去的盖茨比，还有他所代表的美梦的破碎。盖茨比的人生充斥着物质和金钱，这备受批判的现代性的产物看似是情感的反面和终结者，但是，谁又能否认《了不起的盖茨比》所包含的深刻的浪漫与抒情？在这个意义上，菲茨杰拉德用金钱完成了抒情，也让现代复归了古典。同样地，石一枫试图让他笔下的人物通过个体奋斗来对抗、改写自己的命运，这一对抗的最终落败，不仅是主人公的人生悲剧，更是每一个个体在面对庞大、坚硬却又仿佛无物之阵般的现实时的无力与渺小——这正是我们这个时代最残酷的抒情。

在石一枫的另一部小说《心灵外史》中，主人公大姨妈曾相信革命，后来又信气功、信传销，最后信了基督，种种信仰非但没有给她带来幸福，更最终令她家破人亡。石一枫对这个人物的偏爱，就像是小说中杨麦对大姨妈的依恋一样，究其根

---

① 石一枫《世间已无陈金芳》，北京：十月文艺出版社，2016，第96页。

本，这种偏爱与依恋正是源于，在如今这个嘲笑与惩罚所有单纯的信仰，在这个人与人之间时时保持警惕的现实世界里，大姨妈看似盲目却又如此坚定的"相信"。她一次次地受骗，一次次地被生活出卖，却从来没有改变过对"信"本身的信仰，"真的假的好像又都并不重要，不能妨碍我让自己去相信他们"。[①]大姨妈之死，不仅是一个朴素向善者的人生终结，更是当代生活中理想主义者的悲歌。不管是陈金芳，还是大姨妈，尽管她们身上都带有一定的荒诞感与反讽性，但作者并不是简单地批判、讽刺这些人物本身，他所批判的是让她们之所以如此的无形力量，甚至是在她们之外，那些被视为正常与理所当然的人生。

不少人曾指出石一枫的小说与王朔的小说之间的某种联系，两位北京作家在语言风格等方面确有相似之处。但是在我看来，两者的区别却是本质的：王朔的小说戏谑一切，而石一枫对他笔下的人物却潜藏着悲悯。面对眼前并不令人满意的现实以及身处其间的各式小人物，王朔选择了消解与讽刺，他始终是一个不愿与之为伍的、冷眼旁观的嘲笑者。但石一枫的反讽背后，始终有一个理想主义的现实与人生作为参考，与王朔的反讽相比，他更怀有一种严肃而感伤的情感——这种情感，我们在启蒙主义、现实主义与批判现实主义作家笔下常常看到。在这个意义上，正是通过反讽的手法，石一枫重新创造了他的抒情。

---

① 石一枫《心灵外史》，北京：十月文艺出版社，2018，第223页。

　　如同石一枫的写作所显示的，在今天，传统的抒情面临着被挑战、被消解的命运，抒情的方式必须做出改变。如果说，日出而作、日落而息的古典时代几乎天生就是抒情的载体，那么，到了充满未知、震惊以及难以预测的现代，甚至到我们此刻仍未可知的未来，抒情还会存在吗？

　　这也是李宏伟在小说《国王与抒情诗》中思考的问题。小说架构于并不遥远的 2050 年，诺贝尔文学奖得主宇文往户在颁奖前夕离奇自杀，他的生前好友黎普雷选择从他的文字和生活痕迹中探索答案。由此，一个致力于建设"意识共同体"的帝国渐次浮现。小说探讨了时间、存在、语言等抽象话题，但最让我感兴趣的，是其中对于"抒情诗"的情有独钟。在小说中，抒情语言是帝国与国王致力消除的异己，是他们实现同一性梦想之路上的绊脚石，但是，"抒情气质"却反过来成为国王死后选择继承人时最看重的品质。小说中，国王主张取消文字的抒情性、文学性，让语言变得干涩、同一，最终局限于功能化，以图消弭异质性的个体，实现人类无差别的永生。在这里，如果我们运用李宏伟所擅长的辩证就不难得出，在他看来，语言是人类存在的证据，而"抒情"则是个体的人之所以成为自己的根本。

　　如同所有具有科幻外壳的小说一样，《国王与抒情诗》无疑是面向未来却基于当下的写作。李宏伟此刻面对的是一个抒情话语，或者干脆说文学话语式微的时代，在这样的语境之下，他坦然接受了文学在未来时空中的命运。然而另一方面，作为一个作家、一个诗人，李宏伟始终怀抱着西西弗斯般的笃定和坚忍，他对文学的意义深信不疑。小说最后，抒情诗人黎普雷接管帝国，以此残留了扭转人类命运的最后一线希望。可以说，李宏伟是用写作实践着小说中关于抒情的定义："个人也好，整体人类也罢，意识到结局的存在而不恐惧不退缩，不回避任何的可能性，洞察在那之后的糟糕局面，却丝毫不减损对在那之前的丰富性尝试，不管是洞察还是尝试，都诚恳以待，绝不假想观众，肆意表演，更不以侥幸心理，懈怠愈堕。这种对待世界，对待自己的方式，不就是抒情吗？"① 至此，我们惊讶地发现，在这部书写未来与未知的科幻作品中，对于古老的"抒情"，作家竟怀有如此古典的、赤诚的热爱。

近一个世纪前，在现代派崛起之时。瓦尔特·本雅明在法国诗人波德莱尔的笔下发现了一种暧昧的现代性：他们一方面对现代都市的冷漠、恶行进行着鞭挞；另一方面又被其中的新鲜、未知以及由此而来的"惊颤体验"所吸引——本雅明称波德莱尔是"发达资本主义时代的抒情诗人"。彼时，资本主义社会正处于蒸蒸日上的上升期，现代性的趋势更是难以阻挡，不管是波德莱尔还是本雅明，都无法叫停历史的前行。在这种矛盾中，本雅明选择了自杀。小说《国王与抒情诗》中，黎普雷一度以为，宇文往户的死也是类似这样的抵抗，他以为宇文往户是因为发现了帝国对自己的掌控，希望以自杀来了结并摆脱国王的控制。但事实上，宇文往户与国王早已成为同盟，他的死是为了让帝国找到更合适的继承人，在成全国王梦想的同时，

————————
① 李宏伟《国王与抒情诗》，北京：中信出版社，2017，第232页。

让自己的生命完成最后一次"抒情"。宇文往户的时代,比本雅明的时代又进了一步;或者说,今天作家所面对的文学处境,比本雅明的时代更狭窄、更逼仄。在今天,诗人之死甚至不再具有隐喻的意义,它不过是时代车轮滚滚而过时无意浮起的一粒灰尘。

但正是在这样的语境中,宇文往户的死才更能唤醒人们对于语言、对于抒情本身的再次关注;也正是在这样的现实中,"70后"作家对于"抒情"的坚守才显得尤为可贵。在如今这样"反抒情"的年代,他们依然怀抱着对"情"的信仰,以不同的方式延续着人类古老的美好。如果说石一枫的写作是以反讽的方式完成了一种悲剧的抒情,那么,李宏伟的小说则回归了"元抒情",他以坚定而乐观的态度,重新肯定了抒情的本体性意义。也正是在这样的写作中,我们几乎可以重新相信那个不断被质疑的、如今想来却如此令人欣慰的断言:文学永不消亡,抒情正是拯救现实的力量。

细小而忧伤

——读尹学芸《蓝芬姐》

在中篇小说《李海叔叔》中，作者尹学芸曾描述了这样的场景：正月初一，父亲像许多年来所有的这一天一样，如约守在河堤上，"月亮升起来了，星星爬满了天空，河里的水因为结了冰，又被寒冷冻裂了，发出了咔啦咔啦的响声。零星的鞭炮清冷寂寥，厚重的夜色像水墨一样铺排，把村庄整个都包裹了……暗淡的星光下，父亲矗立在河堤上，像一棵长了腿的树。后来这棵树越来越矮，直至消失"。父亲等待的李海叔叔终究没有来，此后多年，两家人心生芥蒂，甚而至于不满和怨恨。我愿意将这段描写视为尹学芸小说的底色，那是包裹在热闹与欢腾中的巨大孤独，是在"晚来天欲雪"之中翘首以盼，盼望着冰天雪地之间，能够生出一点点破碎而微弱的温情。尹学芸善于发现人与人之间那种游丝般的情感，更能够原谅我们所有人性深处的残酷和凉薄。这正是尹学芸小说的动人之所在，她体恤万物又用情至深，她与自己笔下的人物唇齿相依，在她的小说中，李海、蓝芬，从来不仅仅是人物名称或者肉身符号，更是与"我"的生命紧密相伴的亲人，他们是"我"的叔叔、"我"的姐姐，是"我"所有情感的来处与归所。

　　小说《蓝芬姐》(《北京文学》2022年第1期）讲述了一场一波三折的死亡。躺在床板上的蓝芬没了血压，没了脉搏，甚至没有心跳，人们因此宣告了她的死亡。但是，蓝芬的身子却始终是热的，这实在让人为难——"想死就快点死，这样不死不活，时间长了，谁也受不了。"正当一家人不知该怎么对待眼前这个"活死人"时，"我"掀开了盖在蓝芬姐脸上的青布，却见她大睁着双眼，喊了"我"一声："彭蓉。"蓝芬的死而复生，让"死亡"这个人类历史上最为沉重的事件，几乎变成了一场闹剧。一面是，蓝芬几近荒唐的胡言乱语，她管弟弟、弟媳叫爸、妈，又将"我"认成死去多年的彭蓉。她像变了个人似的，奋力反抗欺负了她大半辈子的弟媳妇、拒绝接近以前天天跟她睡在一起的侄子；另一面，人们相信，经历了一次死亡的蓝芬掌握了"过阴术"，是可以游走在生死两个世界之间的通灵者。于是，来找她参透前生、预知未来的人蜂拥而至。眼前这具令人费解的诡异的躯体，所承载着的再也不是往日那个勤劳、隐忍，一生深陷于流言蜚语的蓝芬，人们惊异于整个事件的离奇，或是热情投入这场谣言的狂欢，没有人真的关心，原本那个蓝芬到底去了哪里。

　　在小说中，蓝芬姐的一生一死，映照出人性中微弱的友爱和良善，也映照出在日常秩序内难以被察觉的凉薄。尹学芸的语言散淡、克制，即便是在生死这样的话题面前，小说家也并不追求浓墨重彩。在她笔下，日子缓慢流淌，那些人与人之间微妙又细碎的感情也一点点地经历着淘洗和消磨。而恰恰是这种缓慢与细碎，切近了现实生活的某种真实。现实生活中的大部分人，不正如同小说中的"我"一样，克制着爱，也克制着恨。在蓝芬姐的生死闹剧中，"我"的缄默不言终究是一份善良，但碍于若有似无的人言可畏，"我"始终没有勇气站出来，为蓝芬姐辩白或是阻止闹剧的深入。因而，这份善良又无疑是有限的。扣子媳妇蛮横、跋扈，看起来是个恶人，但这种小恶根本不足以抗拒真正的恶。当"复活"的蓝芬变成了比她更强悍的恶人时，扣子媳妇一下子变得低眉顺眼，忍气吞声。同时，经由死亡这一极端的人生事件，平淡日子里的暗流涌动迅速演化为翻江倒海，人们既盼着蓝芬活，又盼着蓝芬死，所有以往被紧紧包裹起来的小心思、小算计被和盘托出，善与恶、爱与恨，在这场闹剧面前变得难以分辨，甚至随时都可能发生转换。

伴随着蓝芬一起"活"过来的，是那个几乎被遗忘的彭蓉，以及与此相关的一段隐秘历史。蓝芬与彭蓉之间的恩怨，说到底不过是两个女人的情感纠葛，然而在那个特殊的时空中，竟一步步发酵成了巨大的生命悲剧。这是一场两败俱伤的爱情战争。蓝芬本无可厚非的小小自私，不仅间接导致了彭蓉之死，也葬送了自己的后半生。漫长的余生中，蓝芬始终在赎罪，她以最大的宽容和忍让去承受孤苦、独自吞下所有的猜疑与诽谤，但这一切似乎都是徒劳，她注定无法挽回彭蓉的性命，也终究难以逃脱自己内心的责难。这是蓝芬姐一生的悲哀之所在。她到死都没能放过自己，在那段死而复生的日子里，蓝芬最惦记的就是彭蓉，她让自己成为另一个人，试图回到那段不曾伤害彭蓉的旧日时光中，仿佛她们的人生可以重新开启。就像当年小赵不辞而别，蓝芬始终不肯换下自己的冬衣，仿佛只要这样，冬天就不会结束，与小赵的爱情也没有终止。也正是因此，当"我"最后一次以"彭蓉"的身份与蓝芬姐见面，并且不留情面地想把她从虚妄中扯出来时，蓝芬心中那座苦心搭建的堡垒崩塌了，迎接她的就只剩下死亡。

尹学芸的小说从不渲染情绪的跌宕起伏或者生活的波澜壮阔，在她笔下，几乎见不到大善大恶，也没有什么大喜大悲，一切都不过是一念之隔。如同《李海叔叔》中那个雪夜的场景一样，所有看似不可逾越的爱与恨，最终都融化在漫无尽头的冰雪大地中。小说《蓝芬姐》由一场具有传奇色彩的生死事件开启，逐渐牵扯出背后所潜藏的历史、情感与人性的秘密。它生发于坚实而厚朴的大地，却又腾空而起，携带着并不突兀的轻盈。小说最后，蓝芬姐像多年前的彭蓉一样吊死在树上，没有人知道她是怎么把自己挂上去的，似乎也不会有人再去关心。这场一波三折的闹剧终于落下了帷幕，在谣言四起、众口铄金之中，蓝芬姐的秘密逐渐被遗忘，而当死亡真正来临，人们甚至忘记了悲伤。就此，笼罩在整个故事之上的忧伤氛围呼之欲出，这忧伤始终潜藏在作家不动声色的笔墨之下，它细小、微弱，并不致命，却如同时光一般悄无声息地渗透、蔓延在所有人的心里。

"但我曾卷入更加汹涌的波涛"

——读《唯有大海不悲伤》

邱华栋是对时代变化有着敏锐触觉的作家，从 20 世纪 90 年代城市系列、北漂小说中的主人公，到近来《唯有大海不悲伤》《鳄鱼猎人》《鹰的阴影》中那些"到世界去"的中国人，都是在特定历史时期中具有时代典型性的人物。通过追随他们的命运、他们的足迹，其小说折射出整个社会的转型面貌——90 年代的都市化进程，以及当下世界的全球化变迁。20 世纪 90 年代的外省进京青年，走到今天，很多已经成了城市中产，他们在世纪之交贡献着自己的智慧与汗水，从而积累了财富，如今方可"到世界去"，去潜水、去攀岩、去抓鳄鱼。从这个意义上说，从 20 世纪 90 年代到现在，邱华栋的小说始终具有某种内在的延续性，他的目光不断关注着这一批在都市发展进程中具有典型意义的人们，他们是时代转型的见证者，也是悲伤现实的亲历者。

城市中产是如今中国社会中迅速崛起的人群，如何书写他们的生活以及他们的心理与精神状态，对于以农业社会为基础形态、以书写乡土文学为传统的中国当代文学来说，其实并不容易。不少所谓城市文学陷入了对城市生活的景观化、符号化描写，成了浮光掠影的资本展示，小说《唯有大海不忧伤》看上去依旧是对城市中产生活的叙述，但作者的重点并非展示这种生活本身，而是发掘其人物之所以会过上这样的生活，以及如何从这种生活中实现精神的突围。主人公胡石磊是典型的城市中产，他有一间自己的公司，度假选在巴厘岛，人生遇挫之后绕着地球去潜水。然而，在这些看起来光鲜的时刻背后，隐藏着胡石磊不为人知也难为人道的情感秘密。同样地，以胡石磊为代表，他在漫游、潜水的过程中遇到了来自全球各地的潜水爱好者，他们的潜水动机并不是为了娱乐消遣，恰恰相反，而是来源于各自内心深处的悲伤，因为悲伤，潜水这项休闲活动对他们而言，变成了一次次苦行，进而成了救赎；也正是因为悲伤，让他们卸下了各自的社会身份、阶层属性，还原为最真实的、平等的个体。由是，小说打通了个体的"悲伤"与人的普遍情感困境，从一个具有典型性的人物出发，抵达了人所共通的精神世界，进而获得了一种大海般阔达的关怀。

小说中，在巴厘岛近海游泳的胡石磊父子不巧赶上了强力的洄流，儿子冬冬霎时间被大海吞没，不知所终。妻子汪雁无法接受这一事实，悲痛欲绝，导致腹中胎儿流产，两人的婚姻也因此走到尽头。痛失爱子、婚姻破裂、无心工作，胡石磊的人生发生了剧变，此后，自责、懊恼、无尽的悲伤与思念不断侵蚀着他。直到有一天，胡石磊偶然看到一部关于大海的纪录片，于是他决定去亲自了解大海，因为"可能冬冬已经变成了这样的一条鱼，正在深海里游走着。他必须要去会会那些深海里的鱼。他和儿子的灵魂，也要在大海重新相遇。"接着，小说开启了胡石磊在世界各地潜水，进而与不同的人相遇的故事。

伍尔夫的小说《到灯塔去》中有一句诗："但我曾卷入更加汹涌的波涛／被更深的海底漩涡所吞没。"在小说中，这句诗出现了两次。第一次，痛失爱侣的拉姆齐先生与子女一起出海，他望着远处的海岸和他们一家人曾经共度美好时光的房子，悲痛欲绝地吟出了这句诗；第二次，依旧是在航行中，面对葬送了三个年轻男子的沉船地点，孩子们担心父亲再次热情澎湃地吟出这句诗，但拉姆齐先生没有，他只是"啊"了一声，好像在思忖："在暴风雨中自然会有人淹死，这是显而易见的事情，而大海的深处不过是海水而已。"

"大海的深处不过是海水而已"，这句话恰好是"唯有大海不悲伤"的另一种阐释。大海埋葬了所有的悲伤，又将这一切消化成为自身的一部分。而在坚硬的现实生活中，谁又不曾卷入更加汹涌的波涛呢？

通过在全世界潜水，胡石磊认识了不少朋友，他们每个人都有着惊心动魄的故事：大卫·霍尔尼父母双亡，他的父亲开枪打死母亲，然后自杀；俄罗斯姑娘雅辛娜，其父亲因揭露寡头丑闻而被报复致残，她也同时被子弹打伤了一条腿；美丽性感的郭娜，她的孩子多年前遭遇突如其来的车祸，她因此离婚、迁居……这些来自世界各地的人们有着不同的境遇，也遭逢着不同的悲伤，然而，他们不约而同地选择了在大海中释放自己的情感，从而安抚内心的伤痛。可以说，是潜水让他们相逢，也可以说，是悲伤让他们相逢。人之孤独在于永远无法完整地理解彼此，就像拉姆齐先生并不能同情沉船者的悲苦，而他的孩子也不能替他承受丧妻之痛;而人的幸运则在于我们可以寻找同伴,相互体谅,就像胡石磊与他的朋友,这些各自心有隐痛的人们在大海的怀抱中相遇,一点点地向彼此敞开心扉,胡石磊因而发现自己并不孤单,"人人都有自己的隐秘的生活痛点",如果这些朋友都能在大海中重拾希望,自己又有何不可呢?

小说家该是常怀悲悯之心的人。《唯有大海不悲伤》让我们看到,在潜水这个看似属于中产阶级的消遣活动中,竟然潜藏着那么多不为人知的故事。大海是一个巨大的容器,它承载着无数人的悲伤,也承载着弱肉强食的动物世界,更承载着人与自然的隐秘争夺,如影随形的鲸鱼母子、大王乌贼与抹香鲸的恶斗、座头鲸消逝的歌声……这些在海里反复上演的生态现象,既是小说人物重新认识世界的窗口,也是小说家关于现实的多重隐喻。在这里,快乐与伤感、消费主义与精神救赎完成了辩证。与此同时,小说更让我们看到了,在所有的一己悲欢之外,还有他人的痛苦,还有大海般无边宽广而又波涛汹涌的世界。在大海中,这些悲伤的人们找到了各自的精神出路,也是通过在海中一次次的自我疗愈,他们重新获得了面对现实、重启生活的勇气。四年之后,胡石磊在遥远的夏威夷结识了与他同病相怜的郭娜,两个各自经历了丧子与婚姻破裂的人因潜水而相遇,在彼此怜惜中顿生情愫。他们一起观察了水中海马繁衍的奇观,胡石磊发现,很多小海马刚出生就被附近的鱼类吃掉了,然而更多的小海马又在不断诞生,如此循环往复,生生不息。他终于可以释然,原来,"作为一个父亲,儿子其实迟早要和他告别"。最终，解开了内心郁结的胡石磊，站在自己人生新的起点上，"他终于把悲伤交给了大海。大海接纳了他，他的儿子已经幻化成海生物，隐入海水不见了。他的悲伤也像大鲸消失在海沟里一样，不见了，而他和郭娜、大卫·霍克尼还要继续启程，在海上向着南极远行"。离别，相逢，再次启程，生活不断地给予人们更加汹涌的波涛，但正是在这现实的惊涛骇浪中，蕴藏着大海般广博而复杂的机遇与可能，也是由此，人们可以不断地重拾爱与勇气，到南极去，到灯塔去，到世界去。

爱是内心的海啸

——读张玲玲《奥德赛之妻》

《荷马史诗》的《奥德赛》中，奥德修斯历经十年的海上漂泊，终于重返家乡，与妻子佩涅罗佩团聚。在这场漫长而艰辛的回归之路上，奥德修斯拒绝了充满诱惑的魔女、神女，无数次击退了敌人，也战胜了自己，最后方能与他生命中的"永恒的女性"重逢。在这里，奥德修斯的爱情与他本人一样，都是雄浑的史诗，这个近乎完人的英雄以其坚韧、忠贞成就了一场近乎完美的爱情。

然而，奥德修斯终究是神话中的人物，他的爱情也必定是神话建构的一部分。在现实世界里，那些神话故事中未曾照亮的缝隙与沟壑，才真正是你我凡人无法逃避的日常。张玲玲的小说《奥德赛之妻》（《钟山》2022年第4期）正是这样一次爱的还原，作家为神话人物赋予了真实的肉身，或者为现实境遇中的爱人找到了一条隧道，隧道的尽头是所有爱情的美好愿景，热烈、忠贞、厮守、圆满。而现实中的男女则站在隧道的另一头，在人性的复杂、晦暗中试探彼此，也试炼自我。

这当然不是简单的对应。每一段爱情、每一个在爱中的个体，都是神圣而截然不同的。小说《奥德赛之妻》中，萧甯与关杏儿的第一次见面，是她作为学生出现在他的课堂上。"她说，我因为您才喜欢上了戏剧。他说好，有些窘迫地走到墙边，作势关灯，走吧，不然太晚了，你回学校吗？"关杏儿唤醒了萧霈曾经的英雄梦，这个如今困顿于生活的中年男人，已经渐渐忘了自己过去也曾是熠熠生辉的戏剧导演。他的"窘迫"来自于关杏儿的见证，那曾经梦想中的未来，对于当下的萧霈来说仿若前世，或者干脆是另一个人的人生。

然而一颗种子就此埋下。回到家里，萧霈想起了被自己主动封印的过去，那时的他"就像一个国王"，自信满满，光芒万丈。他自然也想到了贯穿这些记忆始终的妻子祝楠，他们一起经历过所有由暗至明的岁月，又一同跌落，面对着不可知的未来。或许只有记忆才能提供一种不会消逝的快乐，如今，病榻上的妻子越来越小，几乎只是一个沉默的存在。

与关杏儿在天台上的那次相遇，萧霈被反复追问："什么样的爱不可疑？"两人的对话看起来围绕着奥德修斯和他的两个爱人，然而隐约间，更透露出这对各怀心事的男女在彼此防备与自我防御中的小心试探。在奥德修斯的生命中，萧霈似乎只看到了他的爱的起点与终点，那里都是他的妻子佩涅罗佩；而关杏儿却更看重陪伴他时间更久、却最终也留不住他的女神卡吕普索。在这一点上，萧霈与关杏儿显然无法达成一致，正如他们对爱的理解也是南辕北辙一样。"你们也并不在意我们的处境，不清楚我们得直面什么"，的确，没有人能交换人生，不同的处境终将导致认知的偏差。但或许正是这种试图去接近、去理解另一个人的强烈愿望，构成了爱的某种动力。关杏儿坚信，每个人心中都有一个爱的标准。萧霈的标准是什么？他没有回答，又或者，关于爱的问题，萧霈自己也没有答案。

透过两人的争论，作家展开了对爱的阐释，却也留下更多的疑问。小说中萧霈与关杏儿的微妙关系，正是以此为开端的。纵使逃避、压抑，那颗种子依旧在萧霈心中胀大。夜晚，他想起了关杏儿在天台上晃荡的小腿，它唤起了自己久违的欲望。许多年以来，萧霈都在艰难地与欲望相处。"他洗完澡，看见她侧身朝着自己，试探着把手放在她腰窝，缓慢滑至臀部，轻轻摩挲着。那里温柔而干燥。她的手臂颤动了几下，似乎有点醒了，但仍未睁开眼睛。"如果我们相信弗洛伊德的理论，那么，萧霈对待祝楠的情感，早已从性欲转变为爱欲。弗洛伊德将这种转变视为"升华"，代表着更高的尊严，也是文明进化的表现。在萧霈的生活中，是祝楠的疾病以及她决绝的离开，促成了这种升华。萧霈发现，与失去祝楠相比，那些自己生命中过往的女人，那些多少有些暧昧的情感，甚至连自己的性欲本身，好像都不那么重要了。"他迟疑了一会儿，还是将手放下，帮她重新掖好被单。"这是小说中极其动人的一幕，也是真正的、不可抗拒也不可摧毁的爱诞生的时刻。放纵地爱一个人并不难，那不过是源自本能的欲望，真正难的是克制。祝楠毫无预兆地倒下了，她日渐变成一具沉睡的身体，她的欲望与快感萧霈再也无从得知，但也正是此时，萧霈更加深刻地感知着爱、奉献着爱。"他真怕有一天，只剩下自己，独行在泥泞、艰险、逼仄的窄径上，前方是海浪与崖洞，风暴和冰雹，巨人怪妖伺机而待。四季浑沌，道路晦暗，一日长过一年。"与所有在爱中的人们一样，萧萧惧怕的从来不是困难，而是不能陪伴在爱人身边，从此长夜漫漫，唯有自己孤独前行。

爱是难的，理解却更难。萧萧决定去看关杏儿导演的毕业大戏。她果然选择了卡吕普索作为叙事的对象，但却不是他所想的，重新讲述一个被误解的女性的人生。不过这并不重要。重要的是，萧萧发现关杏儿正在人群中寻找某个身影，就像他曾经每次演出结束后那样。大幕落下，关杏儿找到萧萧，"就您一个？她说，她没来啊？她不大方便，他反问道，他来看戏了吗？她说，谁？他说，我想大概你有特别希望来看戏的人"。简单的几句话，他们各自确认，对方生命中都存在着一个更为重要的人。确实有这样的人，但关杏儿的"他"并不是爱人，而是十几年未曾见面的生父。关杏儿的母亲并非父亲的正室，这段本不合法的爱情后又遭到背叛。萧萧终于明白了，为什么关杏儿对于卡吕普索有那样的同情，为什么她执着于讲述这样的故事，甚至有些激动地与他争论"什么样的爱不可疑"——萧萧曾以为这些多少与自己有关系，然而现在，他恍然大悟，原来这一切与他并无关联。天台上、夜幕中，两人独处时那些难以名状的空气，不过是萧萧一个人的幻觉。这一刻，萧萧心里的那颗种子瞬间胀破了，失望、沮丧，不过更多的，应该是释然。

小说结尾，萧萧送别了关杏儿，回到他与祝楠的家里，一如往常地向她讲述自己一天的经历。这一次，萧萧得到了回应，"他觉得她在说话，但是如此含糊、缓慢，得俯下身去，非常仔细地聆听，才能明白她在说什么。他听懂了，然后说不，没有那样的可能,'我已经做了我想做的一切了。'"关于爱情,往往是三个人才能构成故事,正如奥德修斯的爱情之旅一样,三个人的爱情必然面临选择,而每一次选择,都是爱的确认、爱的升华。《奥德赛之妻》中,作者张玲玲写出了当代都市人爱的不同层次,写出了爱的艰难、爱的动人,最终也令人重新感受爱的珍贵。在三个人的爱情故事中,作家耐心勾画了每一段爱的来路与去处,如同其中人物爱的方式一样,作家的叙述克制、冷静,却极其认真而专注。小说虽以"奥德赛之妻"为名,却并不囿于女性的视角,相反,张玲玲选择以一个爱情中进退维谷的中年男人为中心:对关杏儿,萧黥的爱是一场自我的幻觉;对祝楠,萧黥的爱更是一段自我的修为。在小说中,从始至终,爱几乎都是萧黥一个人的事,他的爱是一次次自我选择,选择随着时间的流逝、境遇的改变而变化,变得越来越复杂,但结局却又无比简单。在这个意义上,爱是一个人内心的海啸,表面波澜不惊,实则摧枯拉朽。海啸过境之后,世界澄澈透明,一切归于寂静——聂鲁达的诗或可为证:

"我喜欢你是寂静的,仿佛你消失了一样,
遥远而且哀伤,仿佛你已经死了。
彼时,一个字,一个微笑,已经足够。
而我会觉得幸福,因那不是真的而觉得幸福。"

写作者的尊严

——杨本芬和她的"看见女性三重奏"

大约是 2021 年，文学界和出版界悄然流传着一则奇迹故事：80 多岁的素人老太，出手写了一部长篇小说，小说被女儿放在网上连载，引起无数读者共情。不久，小说出版，面世后好评如潮——这本书叫作《秋园》，这位作者名叫杨本芬。退休老人写作自传本不算稀奇，杨本芬的奇特与珍贵在于，她此前没有任何写作经验，更没有从事过文学相关工作，她的写作伴随着女性不得不承受的所有琐碎日常：持家、做饭、带孙子、照顾罹患阿尔茨海默症的老伴……伍尔夫说，女性要拥有"一间自己的房间"。而杨本芬甚至没有一张自己的书桌，她是在灶台边写完《秋园》的。这本薄薄的小书，杨本芬写了十年，留下整整八公斤的书稿。

根据作者自述，《秋园》写的是母亲的一生。小说最后有一处细节写道：母亲的遗物中有一张纸条，是她自己写下的短短几行字："一九三二年，从洛阳到南京。一九三七年，从汉口到湘阴。一九六〇年，从湖南到湖北。一九八〇年，从湖北回湖南。一生尝尽酸甜苦辣，终落得如此下场。"一个中国女性颠沛流离 90 年的人生，就被这样的寥寥几笔写尽了。许多年后，当她的女儿杨本芬（小说中的之骅）也成为一个迟暮之年的老妇人，她决定写下自己的母亲，写下自己的家庭，更写下一段特殊的历史过往。小说中的秋园少年丧父、中年丧夫、晚年丧子，她的一生不可谓不苦。政治斗争、精神折磨、极度贫穷、饥饿与疾病，秋园和她的家人无一幸免，却也最终一一度过，这样的人生在杨本芬笔下举重若轻，我们却依旧可以感受到背后的落笔千斤。

《秋园》的写作发生在母亲离世之后，对于杨本芬而言，这既是对母亲的怀念，更是让母亲继续活下来的方式。如同杨本芬的女儿章红在《浮木》的后记中写道："当你为自己而写，不是为稿费为发表而写，写作就开始了。""成为作家"的杨本芬此后又接连出版了《浮木》《我本芬芳》。这三部作品其实都是自传体，《秋园》讲的是母亲的人生，《我本芬芳》是写作者自己的婚姻生活，而《浮木》则是《秋园》的补遗，也是《秋园》的"番外篇"。《秋园》书写的是母亲秋园的一生；《浮木》则是以"我"为主体的，围绕"我"的生活，书写"我"身边的亲朋故人。从题材上看，《秋园》《我本芬芳》是小说，采用的是第三人称全知视角，因而叙事者的情感更加冷静、克制，而《浮木》是散文集，其中第一章写记忆中的家庭琐事，第二章写故乡的人与事，第三章则写自己晚年的生活。与《秋园》《我本芬芳》不同，《浮木》虽有内在逻辑，但没有突出的主题和线索，更接近于碎片化的记录，但正是这样的体裁，让作者的主体性得以加强，抒情色彩也更加浓郁。如同弟弟杨锐在《浮木》中的"复活"一样，那些曾经在《秋园》中无处释放的情绪、难以穷尽的生活细节，在《浮木》中得以自由彰显。

我相信对于杨本芬而言，写作的题材、体裁、语言、结构等，其实都没有那么重要，我们看重她的作品，大抵也不是因为她在这些方面有多么突出的表现。更让我们感到震撼的，是杨本芬的写作本身所具有的意义。对于读者来说，杨本芬的三部作品之所以感人，是因为其中情感的真挚、真诚，以及这种个体书写所带来的普遍意义。而对于当下的文学写作来说，杨本芬的出现，以一种最基本、最质朴，却也最直接、最有力量的方式，击破了长期以来困扰我们的若干问题。比如，女性如何讲述自己，个人如何成为历史，写作是否有"特权"，等等。

某种意义上，几乎可以将杨本芬的"看见女性三重奏"与意大利女作家埃莱娜·费兰特的"那不勒斯四部曲"等量齐观。两位写作者都是无数年长、平凡的女性之中的一员，她们写下的都是女性艰难的成长与漫长的生活，却都具有史诗般的视野和意义。这样的写作是从她们各自的生命深处生长出来的，因此自带着一种动人与力量。在她们笔下我们看到，那些最为艰难的日子里，往往是那些看似柔弱的女性，用她们超乎寻常的坚韧与忍耐，支撑着一个家庭、一群子女。当然，女性的坚强其实也是女性的无奈，比如秋园，她曾经也是个不愿裹脚、渴望新式教育的少女，但是成家之后，她便不得不随着丈夫迁徙、安家，她去工作、去劳动、忍受他人的欺辱与嘲笑，甚至丈夫死后的改嫁，始终都不是为了自己，而是为了丈夫、为了子女、为了家庭，更为了无论如何也要继续活下去。

但是，我认为，以简单的女性主义来定义杨本芬的写作，多少有些偏颇。她的写作显然不是为了传递任何主义，而是一种发自内心的、自然流淌的倾诉。这种自然流淌，其实也是杨本芬的文字所传达的生命观。无论狂风骤雨、草木枯荣，你只管活着。中国传统的文化精神始终提倡自我修炼、自我完善，所谓"内圣外王"，说的就是以自己内心世界的强大来抵御外界环境的侵扰。杨本芬的笔下，我们看到了无数这样的中国人，无论经受了多少苦难，他们从不怨天尤人，只是拼着一口气，一步步地活下去。在这个意义上，杨本芬显然超越了单一的性别立场，她是站在生活的立场上、站在生命的立场上进行写作的。

作为一个"素人"作者，杨本芬的写作再次将文学还原到它的原点，在那里，书写是为了自我抒发，为了倾诉和交流，而不是一种技术性的生产，"作家"这一身份并不代表任何特权。没有受过文学训练的杨本芬，其实也避免了因"专业"而带来的"匠气"，没有技巧、没有规则，甚至没有诉求和目的，对于杨本芬而言，写作既神圣又简单。读杨本芬的作品，我常常想起杨绛先生晚年的那些文字，那样凝练、素朴，却又那样掷地有声。这应该是生活的"智慧"——只有真正经历过人生大悲大喜的人，才会如此弱水三千只取一瓢，才能将满腔情绪化作一声叹息，而这叹息背后，却折射出了万千世界。

若用一句话概括杨本芬的写作，我想，她写的不仅是女性、不仅是家庭，也不仅是历史，她写下的是尊严，是有尊严的生、有尊严的死，而这样的书写，也真正代表着文学的尊严。

爱的辩证法

——读张炜《爱的川流不息》

在热闹纷杂的现实中，文学正如同绝大多数事物一样，追逐着夺人眼球的效果，那些表现当下生活的、涉足新鲜领域的、勇于形式创新的作品，往往会成为文学写作与批评所青睐的对象。张炜从来都不是这样的写作者，恰恰相反，他的作品价值来自于其"传统"与沉寂。20世纪80年代后期以来，张炜小说中浓烈而贯穿始终的精神追求，与其抒情性的叙事相结合，构成了颇具特色的美学风格。从《古船》《九月寓言》到《柏慧》《外省书》《你在高原》，张炜以巨大的热情歌颂着"真善美"的传统道德。与此同时，在日渐物质化、世俗化、欲望化的当下，面对这些传统道德被消解、被嘲讽的现状，张炜的小说表现出深刻的失望感与忧患意识，这样的写作，在当今文学场域中也多少显得孤独而悲壮。

必须坦承，这种矢志不渝的坚定与热情，恰恰是我在阅读张炜小说时最大的障碍。我们这代人，在理性主义、"普遍怀疑"精神的教导下，正在逐渐丧失"确信"的勇气。我们对浪漫主义、理想主义似乎天然地保持着警惕，爱、美善、信仰，这一切曾经坚固的，在我们这里，却变得越来越模糊、越来越摇摆不定。我们习惯性地怀疑过去、否定当下，似乎也并不对未来抱有多少期待。说严重点，我们中的大多数人，慢慢长成了现实世界中的犬儒主义者和感情世界中的机会主义者。张炜的写作几乎就是站在这种价值观的反面，中篇小说《爱的川流不息》(《十月》2020年第6期)中，他继续坚守着自己的精神信念，从生活中几次与动物相处的故事出发，抽丝剥茧地探讨了"爱是什么"以及"如何去爱"这朴素又缠绕的问题。

在文学的世界中，有关"爱"的书写，几乎是所有作家不得不面对又很难找到确切答案的西西弗斯式的困境。《爱的川流不息》中，张炜在人与动物的关系中重新发现并试图阐释"爱"，伴随着这一过程，小说中的"我"一步步理解了爱的辩证法，也最终获得了成长。儿时，"我"靠着一腔热忱去爱，其代价是痛失了心爱的"小獾胡"和"花虎"，因为担心类似的悲剧重演，外祖母郑重告诫再也不要收养动物，从立下誓言开始，"我"变得不敢爱，或者说必须压抑自己的爱。但爱是具有"不可抗力"的，"爱力"让"我"违背了誓言，也因此导致离别的痛楚。小说最后，"我"重新找回了爱的勇气："如果所有的爱都有一个悲凉的结局，还敢爱吗？可是没有爱，为什么还要生活？生活还有什么意义？那只能是折磨，一场连一场的折磨。我们不要那样的生活。"可以说，每一次"我"对爱产生新的理解，都伴随着痛彻心扉的离别。当然，爱是无法规约的，每个人的爱、每一次付出的爱都是不同的，张炜对"爱"的阐释是经由一次次具体的生命体验而达成的，或许只有切身经历过如此挣扎，才有可能真正理解其中的复杂与繁难。

我是在旅途中看完这部小说的，到达目的地不久就接到爸爸的电话，说奶奶病危。那一刻，面对异乡空无一人的房间，我感受到前所未有的恐惧——不是焦虑，不是紧张，而是结结实实的恐惧。我恐惧因为时空相隔，即使以最快的速度赶去，也没办法见到奶奶；更恐惧见到的，是挣扎在生死边缘、备受病痛折磨的她。也是在那一刻，我忽然理解了张炜小说中所表现的那种爱的两难：小獾胡被"黑煞"盯上，"外祖母常常在黎明前醒来，一坐起就盯着窗户念叨：'小獾胡啊，千万不要回家，千万不要！'"即便再想它、再渴望与它耳鬓厮磨，我们还是希望它赶快远走他乡，因为唯有如此才有可能保住它的性命。是的，在爱的世界中，学会告别是重要的一课——仿佛是看到了我的恐惧与两难，仅仅几个小时之后，奶奶就离开了。

今天，"爱"这个曾经重要或者说本应重要的话题，正在逐渐被日常点滴消磨，变成几乎被遗忘的、抽象的概念。但对于真正具有爱的能力的人来说，爱从来都是及物的，是即刻执行的动词。如同中国乡土社会中所有平凡的女性一样，我的奶奶，她将自己的一生全部奉献给了家庭和子女，直到生命最后一刻依旧在为孩子们缝缝补补，在做完了最后一件衣服之后，她昏迷一天，溘然长逝。那件用尽她最后一点力气的小小的棉袄，于她而言，就是必须完成的、甚至超越自己生命本身的任务，这种发自本能而不计得失的行动，就是奶奶爱的方式。在《爱的川流不息》中，外祖母、外祖父、父亲、母亲，都是具有爱的能力的人。小说中，父亲为了中秋节与家人团聚，从遥远的大山里一路奔跑回来，"只用了一天多一点的时间，走完了两天的路程。他一路上叮嘱自己的只有一句话：'只要月亮还在天上，就不能算晚！'"即便只有片刻相聚，也定要全力以赴——真正的爱中从来没有权衡，更不是一个似是而非的抽象概念，那是生长在血脉中的、非如此不可的行动力。

在奶奶的爱面前，我为自己的"恐惧"感到无比愧疚，我们曾以为"爱"是与生俱来、理所当然的，因而不需要讨论，抑或羞于讨论，这种忽视逐渐将我们变成了不会爱的人。爱当然是有层次的，小说中"小獾胡"刚来到家里时，只能接受外祖母的亲近，因为它感受到了外祖母的爱，与之相比，老广"更多是好奇"，而"我""只想跟它玩"。人类心里这些隐秘的心思，动物一眼就看穿了。在真正的爱面前，那些自私、虚假、伪善都无所遁形，就像此刻的我，终于意识到自己的爱是如此渺小。原来张炜小说想要传达的，生活早已告诉了我们。

2020年，对我来说，川流不息的爱残酷地转化为川流不息的告别。年初，93岁的姥爷在睡梦中与世长辞。当时，全国几乎所有铁路停运、公路封路，除了悲痛地哭一场，我竟然什么都做不了。在全球性的重大灾难面前，一个单独个体的逝去，到底应该如何标记？于我，这无疑是最切身的、最沉重的离别，如果不是突如其来的疫情，我们至少还可以享受最后一次相聚。每一个个体，作为整体之中的一个注脚，既微不足道又不可或缺，那些重大的甚或宏大的现实与话题，正是这样一点点从缝隙中流出，渗透在我们的私人生活中。同样地，在一只小猫的身上，张炜看到了单纯、智慧和美，"融融除了睡和玩，吃东西，似乎没干别的。可是我们需要它的更多，它给予我们的也更多。它不仅有美的外形，而且还有不可企及的某些品质：过人的柔善、温情、无私和纯洁，还有一个生命的庄重感、思考力，特别是强大的自我与尊严"。如何将爱与美这样看似简单，却又具有哲学难度的问题用文学的方式传递出来，其实并不容易，张炜选择将其一一落实于具体而微的生活细节、切实可感的动物／人物形象上，使小说独具一种化繁为简的力量。而这种看取万物的角度，也是作家爱生活与爱世界的方式。

很小的时候，有一次在家做作业，碰上一道无论如何得不出答案的数学题，年少的我简直恼羞成怒。这时候，姥爷告诉我："不是所有的数字都能被除尽，也不是所有的问题都会得到一个完满的答案。"这句话伴随了我很久，其中的后半句，几乎就是我姥爷的生命哲学。在姥爷漫长的人生中，他用最大的善意化解了所有生活的难题——他的"出身"以及随之而来的磨难、他所经历的战争与常伴终身的病痛，在他那里似乎奇迹般地消失了。他以无限的豁达去理解、去包容，同时始终怀抱爱人之心，他的爱是阅尽千帆之后的举重若轻。"时间里什么都有，痛苦，恨，阴郁，悲伤；幸亏还有那么多爱，它扳着手指数也数不完，来而复去，川流不息。唯有如此，日子才能进行下去。有了这么多爱，就能补救千疮百孔的生活，一点一点向前。"真正的爱，是明知前路未卜却依旧勇敢地敞开心扉，这是爱的勇气，也是生活的意义。

|第二辑|

种子与土壤

想象一个女人

——从 2019 年的几部女性主题长篇说起

女性主义的话题似乎正在成为全球范围内的热点。在欧美，由好莱坞的 Me Too 运动开始，越来越多的女性成了"打破沉默者"；在日本，纪录片《日本之耻》的影响，为伊藤诗织赢来了时隔四年的艰难胜诉；在中国，不时出现的有关生育难题、职场骚扰、家庭暴力等具体事件，也常常引发社会范围内对女性现实处境的广泛热议。成为女人的焦虑与作为女人的挣扎，是几乎所有女性穷极一生都需要面对的重要课题，而在文学的世界中，为什么写作与怎么写出自己的声音，更是让一代代女作家备受困扰的难题。2019 年，在中国当代文学新作中，几位女作家不约而同地聚焦女性成长，似乎与当下的社会热点形成了某种呼应。但是，与全球范围内女性意识的又一次觉醒相比，我们的文学书写却表现出明显的滞后性。文学作品的女性形象，映照出的是当代中国女性的命运，而对这些人物的想象与塑造，也进一步透露出女作家对自身性别的思考，以及我们的文学书写与现实生活之间所存在的距离。

一

付秀莹的小说《他乡》(十月文艺出版社,2019年8月出版)中,呈现了一个由农村到城市的知识女性所遭遇的婚姻、情感、事业等种种波折,也映衬出了当代女性的现实处境以及内心图景。小说主人公翟小梨并不是一个现代意义上的知识女性,尽管她接受了现代文明的教育、生活在北京这样现代化的城市,甚至成了某种程度上的"女强人",但是她的内心深处,却始终依赖那些能够对她施以保护的男人,她对一段"夫荣妻贵"关系的渴望,更体现出她对于女性可以成为、甚至应该成为男性附庸这一角色的某种认可。

这或许与翟小梨的成长环境有关。在小说中,每当翟小梨失意沮丧时,总会念叨起"在我们芳村"、"这要是在芳村"、"芳村有句话"……"芳村"对于小说家付秀莹来说,是她笔下"邮票大的故乡",从早期的《爱情四处流转》《那雪》等中短篇小说,到上一部长篇《陌上》,付秀莹用文字搭建起一个以传统伦理价值为根基的乡土世界。乡土社会的风俗、伦常、人际关系等,都让付秀莹津津乐道,而现代性对传统乡村结构、伦理的侵扰,也不断成为她所青睐的书写对象。

不难看出,作为作家的付秀莹,一直深受芳村及其所代表的传统乡土社会价值观的影响,小说中的翟小梨也是这样。按照费孝通的观点,在乡土中国,"婚姻不是件私事",而是一种以生育制度为核心的社会关系。婚姻家庭是人类种族绵续的保障，父母双系抚育则是其基本方式。在这样的价值体系中，男性对于一个家庭的责任显然是至关重要的。在婚姻关系中，翟小梨时刻渴望的，正是以芳村为代表的乡土传统中对丈夫、对这个一家之"主"的要求与期待；她感到不满的，恰恰是丈夫章幼通及其家庭未曾履行的、乡土传统中视为理所当然的"责任"，而这"责任"，反而是溢出了以个体独立、两性平等为基础的现代婚姻观念的，甚至更暗示着另一种不平等。从这个意义上说，小说《他乡》看似聚焦翟小梨在他乡北京的生活，但其精神实质指向的却是故乡芳村；小说看起来描写的是城市人的城市生活，但是内在的价值观却明显是属于传统乡土文化的。

戴锦华在谈及中国电影中女性形象的变迁时曾发现，"从某种意义上说，在现当代中国的思想、文化史上，关于女性和妇女解放的话语或多或少是两幅女性镜像间的徘徊：作为秦香莲——被侮辱与被损害的旧女子与弱者，和花木兰——僭越男权社会的女性规范，和男人一样投身大时代，共赴国难，报效国家的女英雄。"[1] 小说《他乡》中，翟小梨的复杂性就体现在这里。她看起来是现代都市里的花木兰，但实际上，她的内心深处却始终是、甚至渴望一直能做个秦香莲般的弱女子。翟小梨既自卑又自傲，一个农村出身的大专生，自考、考研，留在北京，最后成了女作家，可以说是标准的凤凰涅槃故事。"我，一个芳村来的女人，一个外来者，尽管渺小，卑微，不足道，

---

[1] 戴锦华《涉渡之舟：新时期中国女性写作与女性文化》，北京：北京大学出版社，2010，第5页。

然而，我终究是汇入了这座城市的早高峰的人潮中了"，[1] 这话看起来卑微，却隐含着一种骄傲。芳村，以及芳村所代表的价值观，既是翟小梨融入现代都市的绊脚石，又是她的精神药膏。在社会公共场域中，翟小梨不得不扮演一个现代文明培育出的新女性，但是，她对婚姻、对人生、对社会的评判标准，甚至她的整个价值观都是在芳村形成的，精神深处的翟小梨，始终是那个来自芳村的小女人。

在任何一段男女关系中，翟小梨都是"被观看"的客体，不管是章幼通眼中的"一只稚嫩的小母鸡"、"一头漂亮的小母牛"，还是管淑人床上那"疯狂的妖娆的小兽"，"小女人"是作家对翟小梨的定位，也是翟小梨对自己的定位。"小"，于女性，仿佛是一种美德，因为小，所以娇弱，所以需要被保护，也因此容易被掌控。翟小梨当然清楚这一点，她甚至有点认同这一逻辑，即使这一逻辑背后暗藏着的是强大的男权话语。"在老管面前，我几乎是曲意逢迎，有那么一点讨好和谄媚的意思。不，就是讨好和谄媚。我用尽了一个女人的柔情和蜜意。在老管面前，我卑微，屈尊，下贱。我简直都不认识自己了。"[2] 在一个优越的男人面前，翟小梨甘愿伏低做"小"，也甘愿领受这种姿态所带来的好处。女性当然可以弱小，就如同男性也同样拥有哭泣的权利一样。但是，正如同老管几次三番所暗示的那样，"你一点都不傻"，这样清醒而自知的"讨好、谄媚"，对于翟小梨这样的知识女性而言，到底是现实生活中难以为外人道的生存

[1] 付秀莹《他乡》，北京：十月文艺出版社，2019，第344页。
[2] 付秀莹《他乡》，北京：十月文艺出版社，2019，第284页。

手段，还是一种主动的、自觉的对女性主体性的放弃？

　　翟小梨的命运，像极了林白在《北去来辞》中塑造的女主人公海红的命运，或许也代表着现实中许多知识女性的命运。她们都因一场婚姻而改变了自己的生活轨迹，在全新的环境中，女性身上特有的韧性和耐性支撑着她们急速成长。她们的丈夫起初都是妻子的依靠，却多少因为"不识时务"的性格而逐渐脱离了时代，婚姻的齿轮因此开始松动。在经历了几段婚外情、几次逃跑的冲动之后，两位女主人公都选择了回到自己那平庸的丈夫身边。然而不同的是，《北去来辞》中的海红在一次次的试错与漂泊之后终于发现，原来那曾经被视为监牢与镣铐的一切，才是自己最眷恋、最依赖的地方。只有回到丈夫史道良的身边，她才能感到真正的安稳。二十年后，海红早已变成了另一个史道良，而当她终于认识到这一点时，她才真正完成了与史道良的和解，与她所憎恶的童年记忆和解，最终也完成了与现实的和解。而《他乡》中的翟小梨显然是不甘的，与其说她是在十八年后重新爱上了自己的丈夫章幼通，不如说，她是看清了自己心中所幻想与期待的那个理想爱人的崩塌，管淑人、郑大官人，不管是只言片语的柔情，还是海誓山盟的承诺，不过都是一时虚幻的爱的憧憬。又一次，在现实面前，翟小梨领受了"芳村女人"的命运，"生活在向我使眼色。我不能视而不见"，经历了一场痛苦的精神挣扎之后，翟小梨终于与命运握手言和，与其说这是她的成长与和解，不如说，这是现实女性的妥协与屈服。

二

　　周瑄璞的《日近长安远》（十月文艺出版社，2019 年 6 月出版）中塑造了两个女人，"好"女人甄宝珠和"坏"女人罗锦衣。这两个人物的命运，都与《他乡》中的翟小梨具有某种相似性，她们都是城市化进程中努力改变自身命运的农村女性，而她们各不相同的人生，恰好显示了现实生活中女性成长的不同面向。甄宝珠和罗锦衣这两个来自北舞渡的乡村少女，曾经共享了彼此高中毕业前的人生时光，两人同样怀抱着离开家乡、到大城市去的愿望，并通过不同的方式各自实现了愿望，最终历尽千帆，又在故乡重逢。

　　少女时代两人曾偶遇一位老妇人，她无意间说出的话竟一语成谶："人的命，天注定，不信不中。"命运之手在这两个出身相似的女性身上，显示出不同的力道。小说中的罗锦衣从小信念坚定、行事果敢，从二十多岁的"一身好肉皮儿"到中年迟暮，她一路身体开道，从北舞渡到西安，不仅一步步站稳了脚跟，甚至一度成了大权在握的副局长。作为一个过早经历了太多男人的、丧失了生育能力的女性，如果说罗锦衣还有什么欲望，或许就只剩下权力。然而恰如布尔迪厄的观点所称，"男性的欲望是占有的欲望，是色情化的统治；女性的欲望是男性统治的欲望，是色情化的服从，或者，严格来讲，是对统治的色情化的认可。"① 罗锦衣无师自通般地深谙这一法则。她不惜一切代价，全身心地服膺于男权社会的种种法则，终于一步步登上了这套法则的权力顶端。从教育专干孟建设到省城的付良才处长，再到退了休还依然纠缠不清的程局长，罗锦衣不断地满足着一个个男人，内心非但没有挣扎，甚至是费尽心机地为自己争取一个献身的机会。终于，在她的权力顶峰时期，罗锦衣几乎完成了对自己女性身份的超越，她可以像当年那些男人要求她的那样，再去要求小健以及如他这样的年轻男人。但命运的可悲之处恰在这里，当年轻的小健们如同当年年轻的罗锦衣一样，热情而克制地奉献着自己时，罗锦衣反而失去了欲望，两性的、权力的欲望，在罗锦衣这样的女性个体生命中，最后都成了一场虚空。

在罗锦衣这个人物身上，作者显然投注了复杂的感情，正如后记中所说的："本是想批判这个人，把罗写成一个欲望强烈同时又缺点心眼的人，不能让她有好的下场。但在写作过程中，一点一点被她吸引、感动了，她身上那种强劲生命力和强烈渴望，让人不得不佩服。"② 小说中罗锦衣对权力与美好生活的渴望来源于自己童年的贫苦，以及强烈的摆脱过去的愿望，这简单而质朴的动机为罗锦衣此后的种种行为赋予了合理性。在生活中，她体贴亲友、心疼孩子，几乎成了自己和丈夫两家人的救世主，小说最后，经历了职场的大起大落之后，罗锦衣终于

---

① ［法］皮埃尔·布尔迪厄《男性统治》，刘晖译，北京：中国人民大学出版社，2012，第26页。
② 周瑄璞《日近长安远》，北京：十月文艺出版社，2019，第347页。

也过上了平静安稳的日子。某种程度上，通过剥夺罗锦衣作为一个女性的基本生育权，罗锦衣的"罪"也随之得以赦免——罗锦衣有"罪"吗？换言之，将身体当作资本的女性生存法则，究竟是不是存在问题？身体解放是中西百年女性主义运动的一项基本成果与标志，身体的解放，意味着女性拥有自由支配自己身体的权利，它的最终指向应当是女性的精神解放。小说中的罗锦衣看似是身体解放运动的受益者，但于她而言，对自己身体的使用，即使看起来是那么自发自愿，最终指向的却是男权中心主义的交易规则。这样的目的决定了，罗锦衣的欲望从来就不属于自己，而永远只能是一种被动的委身。更让人感到悲哀的是，在这套由男性制定、男性主导的规则中，罗锦衣如鱼得水，她通过服从并熟练运用这套规则而成了游戏的赢家，甚至成了这一规则的制定者。如果说，女性身体解放的意义只是像罗锦衣这样，更便利地使用自己的身体来满足男性，甚至以此向男性献媚，那么，身体解放对于女性自身而言，到底是难得的进步，还是另一种更为隐秘的负担？

小说中的甄宝珠是作为罗锦衣的另一种人生而出现的。与罗锦衣相比，甄宝珠是一个再平凡不过的乡村女性。她与丈夫尹秋生摆地摊、开饭馆、收停车费，在日复一日琐碎而卑微的劳动中逐渐积累了财富，实现了在老家盖房子这个朴素的愿望。然而好景不长，尹秋生的发财梦破灭，连带着的是多年的积蓄打了水漂。不久后，尹秋生生病辞世，甄宝珠最终落得人财两空。小说中两个出身相似的女人，因为不同的人生选择，迎来了迥然不同的命运。甄宝珠作为女人的命运，始终牢牢系挂在自己丈夫尹秋生身上，她生活中的大事小情全都由尹秋生做主，她的人生，向来都是她与尹秋生两个人的人生。丈夫辞世之后，甄宝珠的生命只好转而系挂到儿女身上。小说中，被寄予了世俗幸福的甄宝珠实际上一生都在随波逐流，从一种依附转向另一种依附，却从来没有成为她自己。在这个意义上，甄宝珠与罗锦衣的命运殊途同归，抑或是，现实中的大多数女性都在沿着这一轨迹生活，她们从未真正掌握自己的命运，她们的命运无时无刻不掌握在男人手里——有时是一个男人，有时是很多男人。

或许有人说，这就是所谓"现实"。在生活中那些晦暗而不为人知的角落里，罗锦衣与甄宝珠的故事每时每刻都在上演。在这本书的代后记中，作者与编辑的对话也传达了这一观点："你想没想过底层的人怎么上来？比如一个乡镇的人想到省城去过体面的生活。这个愿望并不过分。可她没有任何资源，只有她的身体。"[1] 所谓的底层"现实"真的就是这样吗？我不确定。但是，即便果真如此，我们依然需要追问，难道作家的职责就只是"真实"地描摹这样的现实吗？鲁迅先生在谈论陀思妥耶夫斯基的小说时，曾说他"把小说中的男男女女，放在万难忍受的境遇里，来试炼他们，不但剥去了表面的洁白，拷问出藏在底下的罪恶，而且还要拷问出藏在那罪恶之下的真正的洁白来"。[2] 一个作家，如果只能与"现实"共沉沦，那么他最

---

[1] 周瑄璞《日近长安远》，北京：十月文艺出版社，2019，第346页。
[2] 鲁迅《且介亭杂文二集·陀思妥耶夫斯基的事》，见《鲁迅全集》第6卷，北京：人民文学出版社，2006，第425页。

多只能看到"藏在底下的罪恶",但真正优秀的作家,应该具有穿透眼前"现实"和表面"真实"的能力,他必须比自己笔下的人物站得更高,才能看到更广阔的世界、洞悉更深层的秘密,从而发现"那罪恶之下的真正的洁白"。"现实如此"如果只是作家放弃有深度的写作与现实追问的一种托辞,那么,对于所谓"现实"的书写,大抵只能止于表面的波涛,而很难发掘其深层的暗涌。

三

作为女性书写自我独特性的方式之一,"身体写作"自20世纪70年代提出以来,受到了学界的广泛关注。法国女性主义学者埃莱娜·西苏旗帜鲜明地主张"妇女必须参加写作,必须写她的自我","妇女必须把自己写进文本——就像通过自己的奋斗嵌入世界和历史一样"。在西苏看来,女性写作的最重要的路径即是发现和运用自己的身体,"她的肉体在讲真话,她在表白自己的内心。事实上,她通过身体将自己的想法物质化了;她用自己的肉体表达自己的思想"。[①]女性主义者认为,文明社会的历史(history)是由男性书写的"his-story"(他的故事),历史上的女性被剥夺了书写的权利,因而文学与历史所记载呈现的都是男性话语,以及他们所构建的世界。正是基于对这一霸权的反驳,才有了简·奥斯汀的《劝导》,有了伍尔夫的《一

---

① [法]埃莱娜·西苏《美杜莎的笑声》,见张京媛主编《当代女性主义文学批评》,北京:北京大学出版社,1992,第188页。

间自己的房间》，有了夏洛蒂·勃朗特笔下的《简·爱》，以及此后更多的女性主义书写。如果将女性写作，以及作为其中一种方式的身体写作放置在这样的历史通道中进行观察，其重要性与当时的迫切性不言自明，但与此同时，它的局限性也相当明显。正如其反对者所称，女性主义写作过于强调性别差异，以至于忽视了个体差异。"女性美学也具有严重的弱点。正如许多女性主义批评家尖锐指出的那样，性美学强调女性生理经验的重要性非常危险地接近性别歧视的本质论。……女性文体或称为女性写作仅仅描述了妇女写作中的先锋派形式，许多女性主义者感到被这种规定的文体排斥在外。"[1]女性主义与身体写作的主张，缘起于反对性别歧视、追求两性平等，而不是一种性别对另一种性别的敌视与拒绝，或是在反抗一种话语霸权的过程中滋长另一种话语霸权。将男性作家以及不同类型的女性写作排斥在外，使它走向了狭隘激进的小路。

在中国，20 世纪八九十年代，以林白、陈染等为代表的一代女作家，其作品中对女性身体的探索，有意无意地暗合了身体写作的主张。此后，随着社会思潮的更迭，新一代女作家大多避开这一面向，而"70 后"的盛可以，多年来却始终延续着这一写作路径。《北妹》中的乳房、《福地》中的子宫，都在不同层面上表达了盛可以对于女性身体秘密以及由此所带来的女性命运的思考。小说《息壤》（人民文学出版社，2019 年 1 月

---

[1]［美］伊莱恩·肖瓦尔特《我们自己的批评：美国黑人和女性主义文学理论中的自主和同化形象》，见张京媛主编《当代女性主义文学批评》，北京：北京大学出版社，1992，第 258 页。

出版）中依旧包含这样的追问。

小说《息壤》通过初家几代女性不同的生命轨迹，尤其是面对生育问题时的不同选择、不同命运，折射出现实女性的种种宿命。母亲吴爱香生育六子，壮年丧偶，此后余生都在与欲望、与自己体内那个金属环状物作斗争；大姐初云挣扎一生，最终也没能离开无能的丈夫；初雪33岁被迫堕胎，随即丧失生育能力；初玉坚守了半生的信念瞬间瓦解，"从害怕生育到生育勇士"；初冰取环手术意外，不得已切除子宫；唯有初月，除了因生育而大出血的一次事故之外，基本实现了大多数女人所渴求的幸福。更晚一辈的初秀16岁意外怀孕、意外流产……从急需生育到规避生育、从拒绝生育到渴望生育，初家几代女性用自己的身体，全方位地、全身心地演绎着惊心动魄的"子宫的故事"。

而我更感兴趣的是小说中的初玉这个人物。盛可以的小说中通常有两种女性：一种是底层女性，她们在生活中备受折磨，却始终具有野性的、蓬勃的生命力；另一种是知识女性，她们对女性身份有充分自觉，甚至具有一定女权主义的反叛精神。小说《息壤》中，初云、初冰、初月是前一种女性的代表，而初雪与初玉则是后一种女性的代表。与底层女性将生育作为女性的天职，甚至希望用生育来圆满一场爱与婚姻的想法相反，妇产科医生初玉一度对此不屑一顾、深恶痛绝。在面对大姐40岁又准备怀孕时，在面对侄女意外怀孕后的问题时，她的立场坚定决绝："像你这种爱一个人就给他生娃、就给他做饭的旧思想要不得了。照你这么说，难道天下女人都应该学厨艺，如果爱就等于生娃，那不想生娃、不能生娃的女人就不懂爱、没资格爱吗，这是什么逻辑！""你自己才多大，十六岁就生孩子，这是旧社会。像条野母狗一样怀孕生子，哪里有做母亲的尊严？她自己什么也不懂，根本不懂生命，不懂生活，她根本没想过这些！这种事根本用不着考虑，没有什么选择，我建议赶紧去医院。"[①] 因为见过太多女性在生育过程中遭受的痛苦，初玉在面对这个问题时始终怀有一种不容置疑的自信，甚至清醒理智到有点不近人情的地步。

然而，真正耐人寻味的，并不是初玉作为女权主义者的宣言，而是这些宣言、这种不容置疑在她此后生命中的一点点松动。初玉内心的松动也许是从与朱皓的感情出现危机时开始的。当朱皓对她表现出沉默并且不愿多做解释时，即使内心有万般疑虑，出于女性主义的倔强的自尊，初玉拒绝表达，"她看起来像西方女性一样独立坚强，她不能抛下这些优点做出一副柔弱的小鸟依人的样子胡搅蛮缠——虽然很多人一致认为女人在男人面前就应该弱小依赖，膨胀男人的自信与男根，不少人屡试不爽——她从未想过使用这种招数"[②]。在这个时候，女性主义对于初玉来说，不仅不再是自我解放的利器，反而成了一道沉重的枷锁，它用另一种方式阻碍着初玉的言语、行动，更阻碍着她成为她自己。或许也正是在这个时候，初玉那曾经坚如磐石的信念开始动摇。

正如小说的题目所暗示的，女性生而具有绵延生命与自我

---

① 盛可以《息壤》，北京：人民文学出版社，2019，第 22 页、第 132 页。
② 盛可以《息壤》，北京：人民文学出版社，2019，第 156 页。

成长的能力。"息壤"一词语出《山海经》:"红水滔天,鲧窃帝之息壤以堙红水,不侍帝命,帝令祝融杀鲧于羽渊。"据郭璞《山海经注》的解释:"息壤者,言土自长息无限,故可以塞洪水也。"盛可以此隐喻女性"子宫携带者"这一天然的生理身份。小说最后,初玉成了母亲,她像所有的孕妇一样,平静安然地等待腹中生命的降临。曾经的女权主义者,最终领受了自己作为女性的最基本的命运,生育对于她来说既是恩赐,也是惩罚,但她却甘愿在这痛苦的惩罚中享受甜蜜。我不知道作家是否希望借此人物表达对女性主义的反思,抑或是表现女性主义的现实困境。但在我看来,初玉的命运不但不预示着女性主义的失败,恰恰相反,女性主义的目的并不是否定任何一种女性生活的方式,而是让女性真正主导、掌握自己的生活和命运。在这样的背景下,女性既有生育的权利,也有拒绝生育的权利,前提是她自己清醒自知并拥有最终的选择权。拒绝生育并不是女性主义的目的,就像否定与拒绝另一种写作,并不应该是女性主义写作的目的一样。

小说中的初玉有一整套对生育的反思,但她最终没有陷入女性主义的偏见,而是自然地接受了自己作为母亲的命运。看起来,初玉几乎超越了狭隘的、独断的女性主义立场,但正如小说结尾所暗示的,"到她们这一代子宫应该不再有什么负担""那也讲不死火(说不准)",在漫长而遥不可期的未来,女性究竟将迎来怎样的命运,小说家无力给出答案,而当下的我们也并没有多少自信的资本。

结语

伍尔夫在谈论19世纪英国女作家的写作时曾发现："只需翻开那些已为人遗忘的旧时小说，听一听其中的语气，便知道作家正忙于应付批评。她时而挑衅，时而示弱，时而承认自己'不过是个女人'，时而又抗议，说她'跟男人不相上下'。温顺、羞怯，还是怒气冲冲，如何对待批评，全要视她的性情而定……这让我想到，所有这些女人写的小说，散落在伦敦的旧书店里，就像果园里的小苹果，长着疤痕。就是这心中的疤痕让它们腐朽。她为了迎合别人的意见，而改变了自己的价值观。"[1]2019年，在翟小梨、甄宝珠、素心与初玉的时代，女性的现实处境早已不同于伍尔夫所指认的那个时刻，她们已经拥有了自己的房间，更不必再受到紧身衣的束缚。但是，在几位女作家所呈现出的文本世界中，男权中心的话语、宗教价值观的规训，甚至是极端的女性主义的立场，依旧不期然地浮现出来，覆盖、影响着作家自己的声音。伍尔夫所说的"心中的疤痕"，不仅改变了19世纪女作家的价值观和书写方式，甚至直到现在，依然左右着今天女作家的说话方式、书写态度，成为某种沉默却无所不在的强权力量。

在父权社会的权力结构与文化价值体系中，女性的问题始终被认为是少数族群的话题。尽管几百年来，中西女性在不断

---

[1]［英］弗吉尼亚·伍尔夫《自由》，吴晓雷译，北京：中信出版集团，2019，第49页。

地自我反抗的过程中，收获了难能可贵的政治、经济与社会地位的进步，但是，呼唤女性退出职场、回归家庭，对高知女性的污名化想象等，依旧不期然出现，甚至还能引起女性群体内部的共鸣。小说《呼兰河传》中，萧红在描写娘娘庙里的塑像时有一段精彩的发现："塑泥像的人是男人，他把女人塑得很温顺……至于塑像的人塑起女子来为什么要那么温顺，那就告诉人，温顺的就是老实的，老实就是好欺负的，告诉人快来欺负她们吧！""男人打女人是天理应该的，神鬼齐一。怪不得娘娘庙里的娘娘特别温顺，原来是常常挨打的缘故。可见温顺也不是怎么优良的天性，而是被打的结果，甚至是招打的原由。"①身为女性，我不大确定自己可以理直气壮地喊出那句著名的宣言："女人不是天生的，而是被塑造成的。"因为在现实生活中，塑造"女人"的不仅是女权主义者所声讨的男性以及男权意识，在更多的时候，其实正是女性自己。或许不妨想想，我们到底是萧红所说的挨打以致温顺的娘娘，还是根本就是那个打人的人、塑像的人？

---

① 萧红《呼兰河传》，见《萧红全集》，哈尔滨：哈尔滨出版社，1998，第55页。

"现实"作为种子

——梁鸿《四象》及其他

走进梁鸿的文学世界，看起来并不是一件非常困难的事，你很容易就能找到那把打开大门的钥匙——她的故乡、她的梁庄。从非虚构《中国在梁庄》到最新的长篇小说《四象》，梁鸿的笔触不曾离开中原大地上那个平凡的小村庄，生活在这里的人们以及他们各自的命运，在梁鸿笔下以不同的形态反复出现。

毫无疑问，梁鸿的注目与关怀在广大的乡土中国。可是，当我们试图以乡土文学的一系列话语裁定她的作品时却发现，以往的经验正显示出严重的匮乏。她是怀乡者吗？她是抒情者吗？她是逃离者吗？她是批判者吗？她曾试图启蒙与救赎这里吗？好像都是，又好像都不是。她是无法被完整归类的——有时候，她依恋故乡的踏实与安稳，怀念一去不复返的童年与玩伴；更多的时候，如同所有从乡村走向城市的人一样，她努力挣脱、逃离这一切。这种逃离的冲动几乎被她视为对故乡的"背叛"，让她时时感到羞愧。也是因为这种"背叛"，如今她再也无法真正归乡，永远被区割在梁庄那"深厚的城堡"之外。身份的特殊性与情感的复杂性，同时成了梁鸿写作的最大动力与她所承受的最大艰难，也催促着她不断地书写、不断地诉说，不断地重新面对故乡、面对故人，她的作品也因之充满了疼痛与撕裂之感。

一

　　从鲁迅等为代表的五四乡土文学开始，对于故乡与乡土世界的反叛与眷恋，常常一体两面般地出现在作家笔下。20世纪初期以来，在西方现代文明的洗礼之下，中国农村凋敝破败的现状以及农民思想的愚昧落后、乡土社会伦理崩坏等问题逐渐暴露在作家眼前。与此同时，这些作家大多出身农村而生活在城市，作为现代都市的异乡人，他们对故乡的简单、安稳，以及一切与现代性相对抗的事物充满着怀念。如何重返故乡，如何真正认识孕育与塑造了自己的乡土社会，很大程度上是作家发现并最终成为自己的重要环节。

　　梁鸿深谙这一点。此前，她是学者、批评家，在文学研究的学术领域颇有建树，但与此同时，她更是一位热切关注着农村与现实问题的知识分子。作为梁庄的女儿，重返梁庄是梁鸿由学者成为作家的开端，更是她重新认识自己的起点。如同她所说，"在很长一段时间内，我对自己的工作充满了怀疑，我怀疑这种虚构的生活，与现实、与大地、与心灵没有任何关系。我甚至充满了羞耻之心，每天在讲台上高谈阔论，夜以继日地写着言不及义的文章，一切似乎都没有意义。在思维深处，总有个声音在不断地提醒我自己：这不是真正的生活，不是那种能够体现人的本质意义的生活，这一生活与我的心灵、与我深爱的故乡、与最广阔的现实越来越远"。① 象牙塔的高蹈与虚无、断裂的现实生活经验让她感到不安，重回故乡，是此刻梁鸿重启真正的生活、重新找回本质意义人生的必然尝试。这个时候，非虚构成了她走进并书写现实大地的那道"窄门"。

做一份乡土中国的田野报告，或是写一部有关乡土中国的散文、小说，在今天似乎都不鲜见。梁鸿的特殊之处在于，当她以田野报告的客观与严谨要求自己时，她内心对故乡的深厚感情无处安放；而当她用文学的笔调书写故乡时，那种抒情的美学又不免显得虚浮轻飘。面对这两条路，梁鸿难以做出选择，或者说，梁鸿同时选择了这两者。这一选择让《中国在梁庄》《出梁庄记》成了在文学与社会学领域中都颇显特殊的文本，更注定了她的写作必然面临巨大的情感困境。

两部非虚构作品中，一直存在着一个叙述者的声音，尽管梁鸿对此早有警惕，但仍有不少人批评其中透露的启蒙主义、精英主义的视角与姿态。事实上，梁鸿应该比任何人都排斥这种写作姿态，当她的儿子第一次来到尘土飞扬的乡村而无处下脚时，当她呵斥儿子不能跟梁庄孩子一起在脏污的水潭边玩耍时，当她发现外出打工者们生存的狡黠甚至是不义、不堪时，梁鸿第一时间看到了那横亘在自己与乡亲、与梁庄之间的巨大鸿沟，那已经内化进自己生命的深刻的变化。如她所说："我是谁？'我'是我们这个时代的每一个人。逃离、界定、视而不见、廉价的乡愁、沾沾自喜的回归、得意扬扬的时尚、大而无

---

① 梁鸿《从梁庄出发》，《中国在梁庄·前言》，南京：江苏人民出版社，2010，第1页。

当的时代，等等，我们每个人都是这样风景的塑造者。"① 对于自我身份以及由此而来的立场、态度的反思，使梁鸿的叙述区别于简单的启蒙主义、精英主义，它所显示的是面对故乡与故人时的情感悖论，也是非虚构写作的根本悖论。

在《出梁庄记》中，梁鸿的足迹遍布中国的大江南北，西安、内蒙古、郑州、青岛、广东……她试图走近那些从梁庄出来、四处打工求生存的乡亲们。梁鸿深知，同为梁庄人的自己，若非足够的努力与足够的幸运，如今她所面对的多半也是眼前梁庄人共同的命运。然而，多年的城市生活已经确凿地将这个梁庄女儿塑造成了洁净、精致的中产阶级知识分子，身体的、生理的反应时刻在出卖着她。在西安的出租屋里，面对二哥、二嫂的日常生活环境，她感到强烈的不适："水池是脏的白色，上面横着一个湿漉漉的黑色木板。走进去一看，一切都是黑的、暗的。厕所没有窗户和抽风机，灯泡是坏的，屋里昏暗不明……水池的木板上，放着那几个颜色鲜艳的塑料盆，盆子里放着新鲜的豆角、芹菜、青菜、木耳等，这是一会儿我们要吃的菜。"② 这段文字如果出自一个外来者的观察，或许可以是客观冷静的"零度叙事"。而梁鸿不同，无论如何，她都是梁庄的一员，即便已经走出梁庄，如今梁庄人的生活仍旧在精神上、在血脉中与她息息相关，"饭桌上，我竭力避免对我们吃的菜展开联想。我吃得很起劲，以一种强迫的决心往下吞咽。为

① 梁鸿《艰难的重返》，见陈思和、王德威、金理主编《文学》2013 秋冬卷，上海：上海文艺出版社，2013。
② 梁鸿《出梁庄记》，广州：花城出版社，2013，第35页。

了向自己证明：我并不在意这些。粗粝的事物横亘在喉咙，我的眼泪被憋了出来"。① 正如亚当·斯密在《道德情操论》中提出的，"我们对他人悲惨的感同身受"源于"拿自身优越的位置和受苦受难者做交换"。② 梁鸿的眼泪中包含着极为复杂的情感：对梁庄亲人们的生存环境感到悲伤与同情，对自己侥幸逃离了这种生活的庆幸，或是对此刻自己居高临下地拒绝这种生活的愧疚……在这个时刻，作家不过是一个离乡已久的游子，不论内心多么希望找回记忆中的故乡、试图融入故乡亲人们的世界，而坚固的现实、沉重的肉身却警钟长鸣般地告诉她，故乡回不去了。

对于梁鸿而言，书写她的梁庄，不仅是为了让梁庄人为代表的"沉默的大多数"得以发声，事实上，它对于写作者自身的意义更为重要，她希望经由行走与写作来厘清自己，找到那个"此心安处是吾乡"之所在，更需要找回虚空的精神世界与踏实的现实、大地之间的联系，以获得重新生活的勇气。在这场"艰难的重返"之旅中，相比所目睹的乡土社会的种种问题，与故乡、故人之间坚固的隔阂、陌生让梁鸿感到痛心，而那深藏在骨子里的情感困局更让她无力拆解。面对故乡时的种种复杂情绪，在梁鸿这里，最终落实为如何面对自己的问题，这种撕裂的、痛苦的又充分清醒自觉的状态，源于作者与现实之间的紧张关系，或许也正是学者梁鸿与作家梁鸿、理性的梁鸿与

① 梁鸿《出梁庄记》，广州：花城出版社，2013，第36页。
② ［英］亚当·斯密《道德情操论》，蒋自强等译，北京：商务印书馆，2003，第28页。

感性的梁鸿相互角力的结果，它就此成了梁鸿作品的情感底色，与之相伴的是其作品贯穿始终的自省意识与思辨色彩。

二

这种撕裂的痛感与紧张感，在非虚构《中国在梁庄》《出梁庄记》中，是既置身其外又身在其中的作者的反复剖白与自我反省；在《神圣家族》中，是轻盈而荒诞的故事外壳之下所包裹的忧伤；在《梁光正的光》中，则表现为"我"对父亲的复杂情感，以及由情感困境转化而来的道德困境。到了小说《四象》，梁鸿创造了四个声音，其中三者来自亡灵，另一个是传说中的通灵者，现实中的精神分裂者。这四个声音当是作者心中的四种力量，更是她看取现实与历史、肉身与虚无的四种面向。小说选取春、夏、秋、冬作为四个章节，每个章节中又有四个叙事者的声音，以此勾勒出四个人生、四段历史。

如同生活中所有郁郁不得志的人一样，小说《四象》中的四个主要人物，他们生前或是不受待见，或是被人误解、遭人陷害，死后坟头上草木茂盛，却没有一只羊愿意过来。在小说中，梁鸿让他们泉下有知，让他们重塑自己的人生，尽情倾诉其中的哀怨、愤怒或者不甘，甚至拥有了改变个人所处的具体现实的机会。韩立挺与韩立阁这一对堂兄弟，他们的祖先在吴镇发家，爷爷是当时"吴镇唯一喝过洋墨水的人"，临终前曾嘱咐兄弟俩："我过身后，教堂给立挺，老院子给你（立阁），立挺你守住教堂，守住天；立阁你守住咱们大院，就是守住地，天和地都守住了，咱家就既保现世平安，又保来世通达。"① 韩立挺承继着"天"的使命，成为受人尊敬的牧师，在他漫长的人生中，一直希望通过传递信仰、劝人向善而改变人的精神世界；韩立阁主"地"，他少年离家，四处学习新知识、新文化，后来回乡组织自治，用尽自己毕生所学努力改革现实、推动社会进步。韩立挺的"天"与韩立阁的"地"，代表了出世与入世、受难与反抗、修来世与搏今生这两种基本的人生态度。但是，在一些特殊的时刻，韩立挺的"信仰"成了他软弱怯懦、逃避现实的一个借口；而所谓的"变革现实"在韩立阁这里，则很有可能转化为暴力与杀戮的源头。

与韩家兄弟俩，以及以此为代表的两种基本人生观不同，小说中的灵子更接近人的原初生命，她天真无邪，未及经受尘世的浸染就离开了世界。她所关心的是小龙葵、拉拉藤、八仙草、小苍耳、蚂蚁草……在那个小小的王国中，灵子可以与一切生灵对话，一起感受春去秋来、草木荣枯，一起接受大自然的恩赐。灵子的简单与快乐消解了她生命中的仇恨与灾难，虽然生前被爹娘说是"扫帚星"，但她没有丝毫怨恨，死后最大的心愿仍旧是再看一眼父母和哥哥。不管是对待立挺爷爷、立阁爷爷，还是她的孝先哥哥，灵子的一片赤诚让她几乎看不到人间的恶与恨，在那个清澈的王国中，她只渴望温暖、渴望拥抱，渴望她短暂人生中不曾拥有过的爱。

在这三种力量统摄之下，韩孝先出现了。这个曾经的重点

---

① 梁鸿《四象》，广州：花城出版社，2020，第 69 - 70 页。

大学 IT 专业的高才生，一度被视作家乡的骄傲。大学毕业后，韩孝先接连遭遇感情、事业等的多重挫折，最终精神分裂。他跑到坟园里住了三天三夜，所有人都以为他疯了，谁知他竟因此通了灵，转眼成了受人追捧的"上师"。在小说中，韩孝先出场时是牧羊人的形象——在基督教的信仰中，牧羊人带有救世主的意味，长老韩立挺将韩孝先的出现视为"主在考验我"，也将自己生命中未竟的使命赋予了韩孝先。韩立阁笃信因果报应，他生前被人构陷，连同母亲、妻子一起被乡民所害。眼前这个备受乡民敬仰的"孝先上师"，对他来说正是实现复仇的大好机会。而灵子，她唯一的心愿就是她的孝先哥哥能够保持本心，希望他始终都能安心、放松，有人可以拥抱。在这三个声音的撕扯过程中，韩孝先未曾完全建立的个体信仰不断遭受冲击，他到底应该相信谁、应该以怎样的态度去生活？事实上，现实生活中屡遭背叛的韩孝先再也不会完全信任任何人，"我受不了立阁爷的说教，受不了长老爷的唠叨，还有，我不想像灵子那样永远天真"，[①] 他想要的是一个完整的、全新的自己，他要成为自己的国王。或许正是从这个时候开始，现实世界中的韩孝先正在逐渐失却与他、与魂灵、与地下世界的联系，小说的第三章"秋"开始，"孝先上师"在众人的敬仰下，在满目的物质、金钱面前逐渐心生贪念。但梁鸿并没有就此将他塑造成一个满口谎言的江湖骗子，小说最后，孝先回复成了一个普通人，他既没能帮助任何人实现救世的梦想，也没有沉沦在虚华的物

---

① 梁鸿《四象》，广州：花城出版社，2020，第 148 页。

质漩涡中，他看尽了不义的人、不义的村庄，最终悟得"我是他们可见的希望。我的存在本身就是错误。我让人们更加贪婪，贪婪于金钱，贪婪于相爱，最后，甚至要超越生死，超越世间最后的界限"，① 这与韩孝先内心对世界与存在的认识——"因人在而显世界，因世界而彰显上帝"——是一致的。此时的韩孝先历经种种声音的诱惑与考验，又重新找回了自己。他将本属于立阁、立挺和灵子的地下世界还给他们，又放逐自己回到人间，回归凡俗肉身，"我不再是一个无所不知的大师，不再是一个可以同时感受无数人的生活和命运的通灵者，我只是患精神分裂症的病人韩孝先"。② 尘归尘土归土之后，韩孝先成了聋哑人，一切劝导、诘难、奉承，他再也无须倾听，也再不必替任何人发声，一片寂静的世界中，韩孝先最终收获了安宁。春夏秋冬这个轮回对他来说，好像一场意外的出走，回来之后，生活仍旧继续。

　　小说中的四个人物、四种声音相互驳斥，又彼此补足。某种意义上，这四个视角代表了梁鸿对乡土世界的四种理解，也隐含着她对于生命意义的深入辨析。以韩立挺为代表的宗教信仰，或是朴素的"向善"愿望，或许确有改造人精神世界的意义，却也常常伴随着软弱的、消极遁世的时刻，对他们而言，雅不足以救俗，当以"力"救之。韩立阁在这个意义上成为其兄长的反面，他所主张的经世致用的人生哲学，在现实图景中更具有实践意义，但由此而来的恨与暴力却最终吞没了他。灵

① 梁鸿《四象》，广州：花城出版社，2020，第234页。
② 梁鸿《四象》，广州：花城出版社，2020，第237页。

子的纯真是所有人都珍视的，却又是转瞬即逝的人生状态，韩孝先最后最眷恋的回音，恰恰是灵子的笑声。但这种简单与快乐只可能属于灵子、属于孩童，它无法被成人世界所接纳，也难以对抗残酷的生存法则。在小说中，韩孝先代替作者，也带领我们，经受着灵魂的质询和现实的考验，他一面在各种力量的撕扯中摧毁自己，一面在不断地对抗中发现自己，也最终回归到真实的自我。在这个层面上重新审视小说的题目——四象，结合小说前面的引文"是故，《易》有太极，是生两仪，两仪生四象，四象生八卦，八卦定吉凶，吉凶生大业"（《易传·系辞上传》），就不仅是一种结构与形式上的追求，同时暗示着多种力量、多种信仰、多种生活之间相生相克又浑然相融的境界。由此，梁鸿也冲破了此前那种痛苦、紧张的写作状态，如她在小说后记中所说："那些时刻，活着与死去，地上与地下，历史与现在，都连在了一起。他们仍然是我们的一部分。他们的故事还在延续，他们的声音还在某一生命内部回响。"我想，对于作家而言，这种打通恰恰也是写作中的重要时刻。

三

有一种观点由来已久，在信息化高速发展的今天更是被反复提及。那就是，文学的虚构与想象在今天已经远远落后于瞬息万变的现实，与其虚构一部小说，不如"真实"地描摹一种现实。2010 年开始，《人民文学》杂志开设"非虚构"栏目，推出了以《中国在梁庄》为代表的一批行走于田野，积极介入社会现实的作品。中国的非虚构文学，因为其特殊的历史与现实环境，在今天仍存在一些未能彻底厘清的问题。它的确切定义、它的内涵与外延，在文学界始终存在争议。近年来，一些出版方甚至将散文、随笔等归入"非虚构"，也足见对于这一文体认知的模糊，甚至误解。与纪实文学、报告文学相比，中国的非虚构融合了社会调查和田野调查的写法；与上世纪五六十年代在美国出现的，以诺曼·梅勒的《刽子手之歌》、杜鲁门·卡波特的《冷血》等为代表的"非虚构小说"相比，中国的非虚构又常常缺乏小说的特质。不过，这些都未曾阻挡非虚构的蓬勃生命力，事实上，非虚构写作近年来在文学创作领域蔚为大观，一些作品也引发了人们对社会学、人类学等领域的广泛关注。

但如果我们就此认为，非虚构的写作已经消解了虚构存在的意义，在分析梁鸿的写作时，又必然遭遇困境。在创作了非虚构《中国在梁庄》《出梁庄记》之后，梁鸿将写作重心基本转向了虚构领域，先后出版了小说集《神圣家族》、长篇小说《梁光正的光》和《四象》。更重要的是，她的非虚构与她的虚构具有共同的精神源头，它们来自同一片土地，来自同一群人。如同梁鸿所说，"因为奉'真实'之名，一切都变得非常艰难。'非虚构写作'变为了一种悖论式的写作。或者，写作本身就是一种悖论。写作要面对世界，但是，我们面对世界时并非为了改变它，而只是为了叙述它。文学者对叙述世界的兴趣要远远大于面对世界的兴趣，更不用说'行动'"。小说有可能在书写现实的同时，不沦为其附庸吗？梁鸿用她的作品给出了答案，她的虚构与非虚构由此构成了互文。在她的作品中，我们不仅看到了在现实面前虚构的孱弱与非虚构的力量，同时也可以看到非虚构的局限与虚构的深远空间。

梁鸿坦言，《中国在梁庄》所做的是"一个文学者的纪实"，她的写作目的是呈现乡土社会真实的形态，让她的谈话对象发出自己的声音。在写作中，她努力克服自己"先验的意识形态"，尽可能地忠于真实性原则，让自己成为一个记录者、呈现者、展示者。《出梁庄记》中，梁鸿进一步隐去自己的声音，叙述者对采访对象以及具体事件的评价、判断，被更原生态的采访记录所取代，尽管写作本身的筛选、编码难以避免，但不添加、篡改或想象额外内容，是非虚构写作的基本底线。两部作品共同呈现了乡村以及乡村人的生活现状与困境，包括其中的教育缺陷、婚姻问题、基层政治、犯罪行为、信仰危机等，是关于当下乡土中国珍贵的现实读本。但是另一方面，非虚构的写作伦理对于作家梁鸿来说又成为一种束缚——那个引而不发的叙述者的声音，恰恰是作家梁鸿的声音。面对梁庄，面对故乡与过去，面对眼前的乡土世界，梁鸿还有很多话无法说出口，于是，她几乎是宿命般地转向了小说写作。也只有在小说中，梁鸿不必隐于书后，她可以让自己笔下的梁庄人"飞"起来了。

那些现实生活中擦肩而过的人，在非虚构作品中一笔带过的故事，就这样在小说的世界中获得了新的生命，繁衍出无尽的新的可能。例如，《中国在梁庄》的"'新道德'之忧"一章，呈现了农村基督教信仰的复杂情况。明太爷的妻子灵兰是农村信众的代表，按照明太爷的说法，"你让我说你大奶奶（明太爷的老婆）信主的事，那可真是三天三夜也讲不完。我这一辈子算是叫主给坑了。真叫个家破人亡。"而在另外一位信教的姊妹口中，"那明太虐待灵兰，打她，脾气来了就骂，还不叫反驳，你说灵兰咋爱他？"在灵兰看来，"信了之后，我觉得自己精神变化大，过去在社会上与人交往太过功利，心中要强；信了之后，觉得可以当一个善人、好人。从文化角度是一种修养，从宗教上，它也有利于社会"。①对于很多像灵兰这样的乡村妇女来说，宗教信仰是对她们不幸的婚姻与家庭生活的一种补偿，更是她们人生与心灵的重要寄托。明太爷的叙述则体现了宗教问题的复杂性，"我说，你问问老殿魁，当年立挺们是咋骗他的。老殿魁见人都说，我算认清了，印传单，印印连一分钱也没落着。倒是立挺们个个盖着大院子，吃美喝足。都是一帮坏货，坑你们这憨人哩。有鸡蛋拿鸡蛋，有粮食拿粮食，那时候多可怜，他们发财了，俺们算绝了。能人信主是发财哩，憨人傻子是送钱去哩。"②在这里，韩立挺的名字一闪而过，以他为代表的传教者、宗教活动组织者，被明太爷视为借此赚钱的投机分子。而他所宣扬的宗教信仰，在农村也不仅是精神领域的问题，更与实用主义、功利主义等现实问题相纠缠。韩立挺在这里并没有得到发声的机会，对于这样个体的人来说，他的"真实"人生、"真实"内心，恰恰是因为非虚构的"真实性"要求而被遮蔽了。

到了小说《四象》，梁鸿让韩立挺自己站出来说话。小说

---

① 梁鸿《中国在梁庄》，南京：江苏人民出版社，2010，第176页、第185页、第182页。

② 梁鸿《中国在梁庄》，南京：江苏人民出版社，2010，第177页。

中的韩立挺是方圆几十里德高望重的韩长老，九十多岁时被乡亲关起来"每天报告、学习"，"他们问不出来了，他们就把我扔到后院……他们把我扔到地窖里，没人给我送饭，没人再想起我"。韩立挺一生难解的心结在于，在死亡和懦弱面前，他一次次背叛了主，"我的教堂被拆了，我没有再盖，我家里贴的对联是：花沐春雨艳，福依党恩生……主啊，我一生中背叛了你无数次"。① 在非虚构的世界中，韩立挺是透过他人的讲述而存在的，但在小说中，梁鸿尽可能构建她笔下人物的前世今生。在这里，梁鸿并不深究现实生活中农村宗教信仰的话题，也无意与那段改写了韩立挺晚年命运的历史相纠缠，她所着意的，是那个来源于真实生活，又在众口铄金的讲述中面目模糊的长老的精神世界。《四象》中的韩立挺固然不会受到梁庄的韩立挺的制约，但后者又确乎是前者孕育之初的一粒种子，这粒种子在小说中不断成长，一步步涨破了现实。小说《四象》中，韩立挺的善良与卑微，他的强大与软弱，他被误解、被迫害的人生一一得以呈现，在这个意义上，小说不仅没有沦为现实的附庸，更抵达了非虚构无法触及的新的世界。

与之类似地，《出梁庄记》中的"算命者"贤义与《四象》中的韩孝先具有相似的特征，贤义外出打工受挫后自学《易经》，"一个农村青年追求现代梦来到城市，结果却在现代化的都市里操持了最古老最具传统色彩的职业，且获得了一定的生存空间"。贤义的"整个房间基本上是一种混搭风格，政治的、

---

① 梁鸿《四象》，广州：花城出版社，2020，第 24 页、第 98-99 页。

宗教的、巫术的、世俗的，有些不协调。按通常的理解，它有点神神道道的，思路不清，可以说是乱七八糟……但是，贤义是如此坦然，他的神情是如此明朗、开放，他对他的贫穷生活如此淡然，他对事情的独特超然理解，又使得这几种相互冲突的事物融洽地相处在一起。"① 这些现代都市中神秘的"算命仙儿"，他们到底信仰什么？他们是在装腔作势、故作高深吗？他们与现实的、物质的世界保持着怎样的关系？《出梁庄记》中，我们很难通过贤义语焉不详甚至略有防备的叙述深入他的内心，但在《四象》的虚构世界中，年轻人韩孝先的故事则帮助揭示了现实生活中贤义们的精神世界。

梁鸿善于捕捉现实生活中一闪而过的瞬间，经由想象的自由，将它们编织成血肉丰满的故事。她一方面对现实、对所谓"真实感"具有强烈兴趣；另一方面又不仅仅受困于此，更热衷于探索、发现其中被掩盖的秘密。对于父亲梁光正的人生，女儿梁鸿一直有很多困惑。尤其是，在那个贫穷的、黄沙漫天的农村，为什么父亲却总是穿着一件柔软妥帖、一尘不染的白衬衫？小说《梁光正的光》正是由这不合时宜的白衬衫开始，如她所说，"这本书，唯有这件白衬衫是纯粹真实、未经虚构的。但是，你也可以说，所有的事情、人和书中出现的物品，又都是真实的。因为那些不可告人的秘密，相互的争吵索取，人性的光辉和晦暗，都由它而衍生出来。它们的真实感都附着在它身上"。② 在小说创作中，梁鸿试图抵达的是非虚构难以触

① 梁鸿《出梁庄记》，广州：花城出版社，2013，第83—84页。
② 梁鸿《梁光正的光·后记》，北京：人民文学出版社，2017，第316页。

及的、幽深而晦暗的角落，她借此构建了纸上的故乡，重新审视了乡土中国那些平凡的、沉默的，却又形态万千的个体生命。也正是经由这两种不同的写作方式，梁鸿重新解答了虚构与真实这个古老的话题。

约翰·伯格曾以同题写作致敬本雅明的《讲故事的人》，同时也是对本雅明这一理论的重要补充。在他看来，一个村庄的故事，就是这里各种"闲话"的聚集，"如果没有这样一个自画像——'闲话'是其素材——村子会被迫怀疑自身的存在。每个故事，以及对于每个故事的评论——它是故事被目击的证明——成就了这自画像，证实了村子的存在"。我愿意用"自画像"来比喻梁鸿的非虚构写作，它从内部话语出发为自身画像，也由此证明了现实的存在。但与此同时，约翰·伯格提醒我们，"作为他们自己群像的制作者，农民又是随性的，因为随性更符合真理：典礼和仪式只能支配部分真理。所有婚礼都是相似的，而每个婚姻是不同的。死亡走向每个人，而亡灵只能独悼。这就是真理。"[①] 如果说，梁鸿的非虚构是从"闲话"中发现"故事"，由此勾勒一幅以梁庄为代表的现实乡村的素描，那么，她的小说则指向了"故事"无法抵达的角落，那些深藏在"相似的婚礼"背后的"不同的婚姻"，那些孤独的个体与他们守口如瓶的人生。

---

① ［英］约翰·伯格《讲故事的人》，翁海贞译，桂林：广西师范大学出版社，2015，第28页。

"你的屋子"，或一种现实

——读姚鄂梅《我们的朝与夕》

姚鄂梅的小说《我们的朝与夕》(《收获》长篇小说2023春卷)以曼德尔施塔姆的诗句作为题记："如果你只关心某些瞬间的事物 / 你的命运就会成为恐惧，你的屋子就会不稳。"这让我感到意外。姚鄂梅素以擅长书写日常生活、家庭关系而著称，这些在我们通常的理解中，大概都属于"瞬间的事物"；小说题目中的"朝与夕"，也多少包含着类似的意思。以这样的方式题记这部小说，或许也是作家的一种宣言：这一次，她将走进那些不够稳固的屋子，直面其中令人恐惧的命运。

一

一旦深入小说的阅读会发现，曼德尔施塔姆的诗句仿佛魔咒，笼罩在其中每一个人物身上。小说围绕四位女性的人生展开，主人公衣泓出身平凡却自强自立，大学毕业后从小城来到上海打拼。在租房过程中，衣泓遇到了室友星星，两个独身女孩遂成为相伴相助的朋友。在星星的帮助下，衣泓找到了心仪的工作，也结识了令她景仰的丛老师。老友黎晓未婚先孕，瞒着家人来到上海，与衣泓生活在一起。至此，四位女性人物在小说中完成了相遇。

于是，便不难理解小说题目中的另一个关键词："我们"——"我们"是小说中的四位女性，更是无数现实生活中的女孩们、女人们。在小说中，无论是衣泓还是星星、黎晓、丛老师，她们都必须面对工作、事业与情感、家庭之间的复杂关系，这些空气般生长的朝朝夕夕，正是她们各自生命的全部过程与意义。女性如何在社会身份与家庭身份之间找到一种平衡，进而重塑自我的身份，实现自我的价值，一直是历代女性写作关注的问题。从《简·爱》《傲慢与偏见》开始，即便拥有出走的娜拉般的勇气，女性最终总还是要回到具体的家庭生活中去。古典主义为女性搭建的最为幸福的图景，便是拥有一位尊重自己的先生，由此组建一个两性平等的家庭。然而，进入现代社会以来，女性的生活不断收获着新的可能，家庭和爱情不再是本质的、唯一的归宿，我们的时代正在塑造越来越多的"大女主"，她们光鲜亮丽、事业有成，凭借自己的力量在职场战胜异性，在城市站稳脚跟，她们不为情感所牵绊，甚至接受着男性的崇拜却并不珍视——一如曾经男权社会中的"成功男性"一样。应该说，这是现代社会为女性提供的最为美好的幻景之一。

《我们的朝与夕》中，衣泓就是这幅美好幻景的忠实信徒。来到上海之后，她疏离家庭关系、拒绝谈恋爱，一心一意跟着丛老师工作，想要做出一部成功的作品，以实现自己的艺术理想。小说中，丛老师所提供的"柒零捌"寓所仿佛一座女性的堡垒，在这里，女孩们朝夕相伴、守望相助，为了一个共同的目标而努力。"柒零捌"里充满了珍贵的女性情谊，面对黎晓的生育问题时，丛老师大力支持把孩子生下来，因为"一个带着深刻爱意出生的孩子，是会受到祝福的"；而星星的反对则是出于单亲妈妈的亲身经验，"花钱如流水、筋疲力尽、心力交瘁、心急如焚"，更艰难的，是要把这些感觉"全部扎得紧紧的，藏在内心深处，让所有人都看不出来，然后假装没事一样去面对他，面对人生"。两种意见的差别，来源于两人的年龄、性格以及各自成长背景的巨大差异，但无论如何，她们都是出于对彼此真心的关爱。小说中的"柒零捌"像是一个美好的乌托邦，生活在同一屋檐下的四位女性，她们有爱、有希望、有理想、有情有义，甚至还有何枫、吴敏昊这样的男性追求者们，心甘情愿地随时提供帮助。

然而，乌托邦归根到底还是想象中的世界，星星那句略显无情的断语似乎得到了现实的印证："丛老师是那个时代的人，认不清我们的现实，她的智商仅够应付她的人生。"寄托着各自尊严与理想的纪录片"沪居博物馆"，在成片之后无人问津，此刻的丛老师甚至连自己的人生都难以应付，只好选择逃避和消失。黎晓为了一段想象中的爱情泥足深陷，怀孕、保胎、引产、发胖，最后死于压力和焦虑。衣泓陷入深深的自责，如果没有能力提供真实的帮助，那么，无谓的祝福和鼓励究竟意义何在？——如同曼德尔施塔姆的预言，"柒零捌"这个"屋子"正在渐渐"不稳"。

《我们的朝与夕》中，女作家姚鄂梅虽然搭建了一个美好的"屋子"，但最终不惮于令其坍塌，作家显然不想提供某种

"大女主"的例证，对于这一通俗想象，她应该是有所怀疑的。小说在处理女性命运走向时，所依据的，是一切真实的、甚至有些残酷的现实经验，而不是被想象、被营造出来的美好幻觉。小说中，女性社会身份的实现可谓举步维艰，丛老师始终身体力行现代女性的生活，她把自己的大半生都献给了工作，导致丈夫与她离婚，临近退休年龄却被单位清退。衣泓的艺术理想随着纪录片的失败而宣告破灭，不得已又回到了原来的工作中去。在感情与家庭关系方面，小说的四个人物分别代表着当下都市女性的四种典型处境：独身、离异、单亲妈妈、未婚先孕，男性在其中无一例外是缺失的。小说中婚姻幸福的女性只有两位，一位是衣泓的母亲，"在最最盛开的年纪嫁给了身后学校里丧偶的中年数学老师"；一位是衣泓的嫂子，嫁给了外地人的上海女孩。这两段婚姻中，女性多少都有些"下嫁"的意味，然而若非如此，多半遭遇的就是黎晓和星星曾经的命运：一个试图用孩子留住爱人，最终却连自己的性命也搭了进去；一个义无反顾地送丈夫出国留学，结果惨遭抛弃。不同于那些"大女主"的设想，《我们的朝与夕》所呈现的女性命运多少有些狼狈甚至残忍，但这无疑更接近并不完美的现实。在真实的职场与婚姻中，为了获得认可，为了寻求一种安定稳妥的关系，女性总是进退维谷，乃至步步退让。"大女主"的幻想固然提供了令人愉悦的欲望补偿，然而在现实生活中却几近失效。在这个意义上，与其说《我们的朝与夕》是一部女性主义的作品，不如说它是一部打破女性主义幻梦的作品。

小说中，唯一没有入住"柒零捌"的星星也是唯一最终收获了爱情的人。与另外三位女性不同，一场失败的婚姻让星星成长为一个清醒自知的人，她劝衣泓"明确目标，努力赚钱，买个房子，养个孩子，只有这两样东西谁都拿不走"，"这才是生活的真谛，所有认真生活过的人都会得出这个结论"。与衣泓、黎晓理想主义、浪漫主义的爱情观不同，星星的务实几乎达到了世故的程度，"我不相信爱情，但我要结婚。这个社会歧视没有婚姻的女人，他们以为没有婚姻的女人是不会处理男女关系、婆媳关系的女人，我一点都不喜欢婚姻，但我不想被歧视"。婚姻在星星这里只是为了解决现实的问题，她将一切爱情的浪漫、美好和憧憬都化约为实际的考量，这背后也折射出现实生活中许多女性的无奈和苦楚，她们为了争取最基本的权利已经竭尽全力，谁还有力气去奢望一场完美的爱情？吴敏昊选择星星当然是真心的，但不可否认，这真心当中掺杂的都是自我的权衡，共同买房、财产增值，这些现实因素成为二人的婚姻起点，如他所说："此刻的慎重决定仅仅代表此刻，以后的事谁也说不准。"同样是"认真生活过"的人，吴敏昊深知爱情的不可靠、未来的不可知，在这种情况下，他选择了残忍的诚实，以避免"脱离实际画一个大饼，几年以后抱着破碎的梦想呼天喊地"。小说中这唯一一对新人，非但没有给我们带来多少爱情的甜蜜，相反，他们更加令人感到悲哀——这个时代大概再也不需要爱情了。

二

　　衣泓、丛老师的理想主义，星星、吴敏昊的实用主义，以及他们各不相同的对美好生活的设想，这一切，让小说《我们的朝与夕》具有一种鲜明的时代感。它热闹而鲜活地代表着当下，代表着驳杂的时代现实与人们多元的价值，尤其以上海这样大都市的青年生活为标志。在中国文学的漫长谱系中，上海是一个具有独特意义的空间，从新感觉派到张爱玲、苏青，再到今天的王安忆、金宇澄，一代代作家热情书写着他们所生活的上海，他们笔下饮食男女、围炉夜话，逐渐构成了上海这座城市的标识与特征——正如小说《长恨歌》中反复刻画的，这种日常生活的底色，正是上海的"心子"。但是，在姚鄂梅笔下，《我们的朝与夕》当中，上海"心子"几乎是隐遁的，没有弄堂、没有鸽子、没有怀旧的老克腊，姚鄂梅写的是另一个层面的上海，这是外来者、闯入者所置身的上海，换句话说，小说写的是与老上海并存的新上海，尤其是新上海人的悲欣交加。

做一个粗略的区分，小说中的人物身份主要包含三种：一是土生土长的上海人，即便收入不高，有一所自己的房子，便不存在身份焦虑，比如衣泓的第一任房东、她的嫂子以及丛老师；二是从外地来到上海，但工作在体制内、吃财政饭，甚至还有属于自己的房产，比如星星，也算得上"本地人"；三是衣泓、何枫这样的年轻人，他们怀着对上海的向往赤手空拳地闯进来，却在切身体验中距离那个想象中的上海越来越远。在小说中，以上三种身份的人群在新上海彼此交错，这是一个抽离了文艺作品中的上海想象，破除了唯美、雅致和罗曼蒂克，进而显得干涩而坚硬的现代都市，这里的人们既多元又疏离，既混杂又彼此隔膜。

　　在新上海，尤其以何枫、衣泓这样的"沪漂"为典型。小说中的何枫是一个标准的"小镇做题家"，他是家乡第一个考上清华的高才生，大学毕业后回到老家的一间银行工作，在日复一日的蹉跎中几乎抑郁。三十岁的时候，何枫下定决心逃到上海，面试结束后的犹豫时间，他看到一幅商业区的午间景象："老天！为什么会有这么精致、雅致的打工人，为什么明明只是工作日，却个个打扮得像从时装杂志上走下来的，男人的衬衣不见一条褶皱，女人们优雅时髦，香风习习，个个笔直坐在饭桌前，像在参加了不得的聚会。更重要的是，对他来说已经是赌气版的豪华午餐，竟只是他们的日常工作餐而已"，这便是上海留给何枫的第一印象。也就是这个偶然遇见的美好画面，让何枫下定决心来到这里。然而在真实的上海，何枫遭遇的是破旧的出租房、以办公室为家的窘迫、外地身份的局限……他的人生在此发生断裂，曾经辉煌的过去有如一夜清零，那些曾经令他无比艳羡的白领也像消失了一样，又或者，根本不存在那些光鲜亮丽的人群，不过是何枫对自己理想生活的一种想象。

　　与何枫类似，衣泓也是出于这种想象挤进了上海。按照黎晓的说法，衣泓是个理想主义者，"她觉得她喜欢的东西不可能在家乡，她不喜欢家乡，不喜欢土生土长的一切，她喜欢外面的东西，大城市里的东西，她觉得好东西都在大城市里"。然而真实的上海究竟带给了衣泓什么？房东的骚扰、居无定所的日子、失败的创业，这些当然不可能是她喜欢的，说到底，衣泓喜欢的东西和何枫看到的那个画面一样，传递着的，是一种大城市的新鲜感、希望感与不确定感，这才是所有新上海人真正的渴望。

近年来的一些文艺作品中，我们看到了无数何枫、衣泓这样的年轻人，他们的拼搏与受挫构成了与那个优雅闲适的老上海并存着的日新月异的新上海生活。这些人物面临着一个共同的隐患，当漫长的生活来临，曾经带给他们希望的"不确定感"将会转化为另一种焦虑，内心的孤独、人与人的疏离、自我感知的渺小，这些城市生活的基本问题在激情褪去之后，必然降临在他们面前。于是，对于"家"的渴望成为大多数城市外来者的共同心理。《蜗居》《心居》等文学或影视剧作所强调的"居"，正是这种心理渴望的外化，因此也成为很多人最基本的归属感和安全感所在。小说《我们的朝与夕》同样探讨了"居"的话题，不同的是，通过设置拍摄纪录片"沪居博物馆"这一情节，小说得以从第三者的视角对这些购房者进行观察，也具备了展示更多内容的可能性。"沪居博物馆"里的人们，有的早年在极其偶然的情况下买了房，有的意外继承了陌生人的房产，还有的为了买房假结婚，却最终落得人财两空。其中，丛老师的同学老程是一个独特的案例。这个地地道道的上海人年轻时被抽调到县城工作，后来在当地结婚生子，错过了知青返城的机会。怀抱着"叶落归根"的强烈愿望，老程决心抓住老人留下的房子这最后的稻草，希望以此置换一套房产，"不管多小都行，只能放一张床都行，不管怎样我老了要回上海，生不能在上海，死也要死在上海"。但老程没有想到，如今的自己已经彻底丧失了在上海买房的资格——这正是他的身份矛盾之处：在妻子眼中，老程始终代表着那个优越的、排他的上海，因而一生与他对立，甚至发过誓，"望都不会朝上海这边望一眼"；但在老程的三个上海兄弟眼里、在现实生活的层面，他已经成为一个越走越远的"外地人"。老程的人生仿佛错了位，既不属于故乡上海，也不属于生活了半生的异地，这种内心的错位感终于在买房这件事面前无比显豁地爆发出来，他的归乡愿望也随之几近于虚妄，"一个土生土长的上海人，回到上海却无处藏身"。房子的问题看起来那样现实、物质乃至于庸俗，但是它背后其实代表着一个人的身份认同，像老程一样，房子在哪儿，他的归宿就在哪儿。这一点上，沪"居"的问题再次印证了曼德尔施塔姆的预言，对于许多城市外来者来说，房子就像是一道脆弱的心理防线，它摇摇欲坠地代表着一种自尊。"沪居博物馆"让人看到了这一现实逻辑的荒诞，更让人看到了其中的酸楚。

三

小说接近尾声的部分，出现了两个与其他主人公迥然不同的人物形象，即女博士长尾夹和校工老顾。他们既不是丛老师这样的理想主义者，也不是星星那样的现实主义者，他们跳出了二元对立的思维方式，创造着自己新的生活，也为小说打开了一个全新的空间。

同样是拍摄短片，丛老师的"沪居博物馆"有预设的风格、内容，甚至受众群体，她固守着自己坚持了几十年的艺术准则，却最终屏蔽了观众，丧失了与人沟通的本领。而长尾夹拍摄小动物仅仅是为了摆脱失恋的痛苦，在观察与对话中，她逐渐爱上了这些奇妙的生灵，出于一种简单的分享欲，长尾夹将短片投放网络，出人意料地收获了好评。在这里，小说传递出一种全新的价值：今天，丛老师为代表的"艺术至上"主义正在遭受挑战，它们过于孤芳自赏以至于失却了最基本的真诚；而那些看似简单的、大众化的表达，正在为艺术注入新的活力，它们不仅令创作更加多元开放，而且为整个审美体系的更新开辟着新的可能。

长尾夹与校工老顾成为朋友，大抵也是源于两人相似的人生观。老顾其实不老，他43岁遭遇下岗，于是干脆主动"扮老"退出竞争。看起来，这是一种消极的、逃避矛盾的生活态度，但是从另一个角度看，老顾的选择却比大多数人都勇敢，他不再遵从整个社会公认的单一标准，不再追逐世俗意义上的成功，转而专注于自己内心的安稳。"煮点自己喜欢吃的食物，收养一条本土小狗，收获一点点友好和信任，日子过得很舒服的"，这些平凡琐碎中的满足感、幸福感，除了老顾，有多少人真正享受过？在我们今天的现实中，不乏老顾、长尾夹这样的年轻人，他们有的辞职去旅行，有的举家迁居小城镇，他们厌倦竞争、反对"内卷"，在另一种人生维度上追求幸福，努力开拓新的价值。在这个意义上，小说中的老顾和长尾夹是我们当下时代非常新鲜的人物形象，这样的人物无论是在小说中还是在生活中可能永远都是"边缘"的，他们看起来是弱者甚至失败者，但是，他们的人生选择其实需要更大的勇气，他们所代表的新的精神、新的价值，对于越来越狭隘、压抑的现实空间来说，无疑是十分珍贵的。

读姚鄂梅的《我们的朝与夕》，我想起20世纪八九十年代风靡一时的"新写实小说"。聚焦普通人的日常生活，以"零度情感"描摹"生活原生态"，这些新写实小说的特征在《我们的朝与夕》当中都有非常明确的体现。但与此同时，新写实小说曾因作家立场与价值的平庸、流俗等，引发了文学界的争议乃至批评。不可否认，《我们的朝与夕》也或多或少地存在这样的问题。小说中的丛老师、衣泓、黎晓等，她们以理想主义的冲动处理现实问题，终因脱离实际而以失败告终；而以星星、吴敏昊为代表的另一些人，他们站在一种目的论的、实用主义的价值立场，在现实生活中却迅速获得了幸福——这很有可能就是我们当下生活的真相：理想主义者受挫，现实主义者更容易接近世俗意义上的成功。然而，我们大概都认可，文学作品需要提供的，不仅是现实的写照，更是对现实的反思；我们今天之所以还在阅读小说，并不在于它可以展示多少现实内容，而是它所提供的对现实的多重认知。因此，如果作家本身完全认同于现实，甚至沉湎于世俗的价值，那么，小说就很难具有一种超越的精神，它的意义也必然因此而受限。

我同样想起，在20世纪90年代围绕现实主义的争论中，童庆炳先生曾有一个判断，他认为优秀的现实主义作家应该同时具有"深情"和"冷眼"，"他们希望尽快把社会的弊病消除掉，因此他们对现实生活不但不冷漠，而且抱着常人所没有的'深情'"；"冷眼"则是"现实主义作家描写人物、场景时的极度的冷静和客观，不把自己的同情与憎恨等感情直接地显露于作品的艺术描写中"。在我们今天的大部分现实主义作品中，我总感到"冷眼"有余而"深情"不足。《我们的朝与夕》也多少存在着类似问题，作家对于现实的观察不可谓不细致，也多有敏锐的发现，但是，如何认识、判断和评价这些现实，在小说中表达得并不明晰，以至于作家的立场也略显模糊混沌。因此，我想，在今天重提现实主义的"深情"与"冷眼"这一法则，无论是对于姚鄂梅，还是对于今天的大多数作家来说，仍然具有启示的意义。

一个时代的"新角色"

——读张柠长篇小说《三城记》

　　2006 年，18 岁的我出门远行，来到北京，成为一名中文系的大学生，正式开启了真正离开父母的独立生活。这一年，26 岁的顾明笛（张柠长篇小说《三城记》主人公）从工作了三年的上海东山公园管理处辞职，"把人事档案放到第二人才交流中心"，同时"决定离开上海，要出去闯荡一番"。2011 年，大学毕业的我继续躲在熟悉的象牙塔中，一边两耳不闻窗外事地读书、写作，一边开始隐隐对不远的未来感到焦虑。而这时的顾明笛，已经完成了从公务员、记者、博士生到创业者的几次转变，经历了上海、北京、广州三地的考验，但他依旧壮志未酬，准备再次北上，开启新的征程。

　　之所以将个人经验与《三城记》主人公顾明笛的命运并立是因为，同样作为"80 后"，顾明笛的身上有太多我们这代人共同的问题、弱点，他像极了我们身边无数的同龄人，甚至就是我们自己。但同时，顾明笛更具有大多数"80 后"所缺乏的勇气以及独立思考和行动的能力。在小说叙事所涉及的五年时间内，顾明笛勇敢地将自我砸碎并重建，实现了与软弱的、小资情调的自己决裂，在真实而残酷的生活中积蓄了力量，随时准备着迎接未知。在这个过程中，顾明笛不仅完成了一个男人生理上的成长与成熟，学会了与不同女性的相处之道，收获了理想爱人劳雨燕；更重要的是，在精神领域中，顾明笛通过不断地犯错、碰壁，甚至是自讨苦吃而重塑自我。而对"自我"更高的更完满的想象，也成了他实践行为的精神指南，由此，他使自己成了更加强大饱满而具有内在力量的新的"时代主角"。

"失败青年"与"时代主角"

莱蒙托夫在其小说《当代英雄》中，塑造了一个接近"多余人"的青年军官毕巧林。毕巧林何以成为"英雄"？或许恰恰在于他代表了彼时俄罗斯的时代精神、时代征候，因此，他才被称为"时代主角"。与之类似，长篇小说《三城记》的主人公顾明笛，某种意义上也可以称为"我们这个时代的新角色"，因为他身上具有当代青年的鲜明特征和典型意义。

作为"时代主角"的青年形象，在19世纪的俄罗斯文学中，经历了由"忏悔贵族"到"多余人"、再到"新人"的转变。近年来，中国当代文学中的青年形象，也在发生悄然而重要的变化。2013年，一大批无力改变自身更无力改变现实的"失败青年"一度成为文学创作的热点。石一枫的《世间已无陈金芳》、周晓枫的《离歌》、马小淘的《章某某》、郑小驴的《可悲的第一人称》、胡迁的《大裂》等作品中，青年主人公们在现实世界中挣扎求生，然后坠落谷底，或者干脆放弃抵抗，选择消极颓废、随波逐流的生活。

文学领域"失败青年"群体的出现，与当代中国接近固化的社会阶层有着密切的关系，同时也反映出弥漫在青年群体中的某种时代情绪。当"丧"、"佛系"等亚文化逐渐受到青年人的普遍认可，甚至成为他们自我调侃与标榜的标签时，我们不禁对这代人的生活现状感到悲哀，同时，他们的精神成长历程以及如何在坚硬的现实中立足并实现精神"自救"，也已经成了越来越令人忧虑的问题。可喜的是，近两三年来，当"失败青年"的写作成为潮流以至出现泛滥之势时，我们看到当代文学创作中出现了一类与之迥然不同的青年形象：孙惠芬的小说《寻找张展》中，主人公张展在父亲飞机失事后重新审视自己的生活，进而从一个叛逆的"问题青年"逐渐成长为在聋哑学校、关爱病房中受人尊敬、为人依赖的老师和志愿者；彭扬的《故事星球》中，创业青年阿信经历了种种迷茫与挣扎，却始终坚守着梦想，不为利益所动，坚持要做一个"干净的公司"；笛安的《景恒街》中，朱灵境一度为了爱情深陷现实法则与道德正义的矛盾中，但她作为"新女性"的独立、勇敢、洒脱，最终支撑她放弃了虚幻的幸福，坚守内心的良知……从几年前的"失败青年"到如今的新的"时代主角"，以"80后"为代表的青年一代在当下文学书写中的形象的转变，反映出一种精神的呼唤和文学史发展的必然，同时，更映射出一个重要的社会现实：在所有人期待的目光中，"80后"一代正在结束他们漫长的青春期，他们也迷茫、也犯错，但更重要的是，他们正在成长并缓慢地走向成熟。

按照阿甘本的观点,"同时代性就是指一种与自己时代的奇特关系,这种关系既依附于时代,同时又与它保持距离。更确切而言,这种与时代的关系是通过脱节或时代错误而依附于时代的那种关系。过于契合时代的人,在所有方面与时代完全联系在一起的人,并非同时代人,之所以如此,确切的原因在于,他们无法审视它,他们不能死死地凝视它"。[1]"失败青年"形象的出现,凸显了当今时代的重要社会问题,但这些人物又大多"过于契合时代",他们与时代共沉沦,不具有"死死地凝视它"的勇气与能力;而以顾明笛为代表的新的"时代主角"们却能与现实保持既同步又留有距离的关系,只有他们才真正具有"同时代性",也只有他们才有可能通过自我成长而实现价值,进而对现实世界做出改变。顾明笛虽然同样经历了种种现实磨难,但他非但没有被打败,反而收获了个体的精神成长。在五年后的顾明笛身上,我们看到了舍弃旧我的勇气、独立的思考以及坚决的行动力,这些能力共同塑造了一个全新的顾明笛,而这也恰恰是成为新的"时代主角"所必备的精神。

舍弃旧我的冒险者

在高加林、孙少安、孙少平的时代,青年人的奋斗不过是为了摆脱物质的困扰以及对世俗权力的渴望,然而在今天,"80后"一代所面临的选择与危机则复杂得多。如同大多数城市中

---

[1] [意]吉奥乔·阿甘本《裸体》,黄晓武译,北京:北京大学出版社,2017,第20–21页。

产阶级家庭的孩子一样，顾明笛的人生所受到的所有磨砺，几乎都是来自精神的，而非物质的；他所受到的所有阻碍，几乎都是来自内部的，而非外部的。某种意义上说，过去孙少平们毕生所追求的，恰恰是顾明笛成长道路中首先需要舍弃的。

小说卷一《沙龙》交代了顾明笛及其家族的来龙去脉，祖籍江苏、在上海出生长大，祖父顾星奎是药店老板的儿子，穿西装、讲洋文，祖母李欣慈出生在苏州的大户人家，父亲顾秋池有过多年的北大荒"知青"生涯，母亲竺秀敏是商人之后，家境殷实、见多识广。可以想见，在顾明笛的成长之路中，物质生活从来都不是他需要考虑的问题，农村或小城镇子弟打一出生就必须面对的贫穷以及因此而来的对物质的渴望，在顾明笛身上几乎完全不存在。从上海农学院园林系毕业后，顾明笛开启了一份稳定的办公室工作，与此同时，他还拥有上海静安寺附近的一套属于自己的房子，每天步行就可以上下班。这样的生活，对于过去时代的孙少平们或者对于今天在北上广挣扎着难以立足的年轻人来说，简直就是梦一样的奢侈。然而，对于顾明笛来说，这些被安排好的、轻易得到的"美好生活"从来不是他真正的渴望，他时刻想着"怎样才能够摆脱那些熟悉而无聊的面孔、表情和语言"。在平庸无趣的办公室生涯中，顾明笛最大的精神支柱是自己始终小心呵护着的精神世界，他怀揣"当作家"的梦想、自修完成了文学硕士的学业，还结交了一些志同道合的文坛好友。毫无挑战的工作、日复一日的日常生活与丰富的精神世界、不肯放弃的梦想之间不断撕扯，似乎注定了顾明笛的生活将要发生一次重大的断裂。

于是，便有了开篇顾明笛的辞职。然而脱离庸常的工作只是让顾明笛获得了外在自由，他真正需要解决的是内在自我的精神困扰。当几个人抱团取暖的小沙龙渐渐让他感到厌倦，并且始终感觉自己是"被抛弃的孤儿"时，顾明笛自我成长中最重要的问题——精神的空虚和迷茫——真正浮出水面。在个体成长的过程中，顾明笛必须克服自己精神的困境，才有可能成就新的自我；而在小说的叙事过程中，这个问题也恰恰是情节推进的核心矛盾。在这里，张柠请出精神导师乌先生对他的主人公顾明笛进行点拨，在乌先生的指导下，顾明笛决定离开混杂着"江南形式主义和西方物质主义"的上海，离开父母和家人为他安排好的生活，去北京，去那个"从不缺少气势和大义"的、粗糙的外表下涌动着年轻的气息的地方。这大概是26岁的顾明笛第一次真正主动选择了舍弃。就像是婴儿的第一次断奶一样，既有对未知的渴望与兴奋，也必然要面对意想不到的种种艰难。26岁的顾明笛离开了自己的舒适区，离开了父母、朋友以及精神导师乌先生，也意味着他将迎来全新的自我，再无所依赖，一切都需要独自面对、独自克服、独自成长。

在小说中，张柠启用大量的细节描写，在历史和地理的双重坐标上，塑造了顾明笛作为典型"80后"都市青年的人物形象，同时也打开了这个人物与"沉默的大多数"相区别的独特的精神世界。小说中顾明笛的"舍弃"看起来顺理成章，然而在现实生活中，这其实是异常困难的。顾明笛舍弃了唾手可及的他人眼中完美的人生，勇敢地面对全然未知的挑战和已有人生被清零的风险。可以说，直到这一刻，顾明笛才真正开启了自己的精神成长之路。

　　顾明笛的舍弃背后所包含的是他深刻的自我反思能力，他先是认清了自己对现有工作的不满、对"抱团取暖"的精神生活的厌倦，发现了自己与异性相处时的以自我为中心、不负责任；甚至认为"自己真是一个卑鄙的人"。他有勇气承认所有的问题，更重要的是，他决定直面问题，决心为此改变自己。勇敢地反思自我、认清自身的问题是改变自己的第一步，只有具有反思能力的人，才有可能完成个体的精神成长。于是，我们看到，在顾明笛此后的人生中，他不断选择舍弃与告别：辞职、退学、创业，告别上海来到北京、告别北京来到广州、又即将告别广州回到北京……在顾明笛身上，我们看到一种不断自我否定又不断出发与重生的勇气，对于青年人来说，这种勇气尤其重要，唯其如此，我们才有机会看清自身的缺陷，也才有机会生长出全新的自我。

自我启蒙的思考者

　　作为一个当下文学书写中的"新角色"，顾明笛与"失败青年"之间最大的不同在于，他始终具有独立思考与自我启蒙的能力。在上海，他参与了文艺青年聚集的沙龙，与他们交流读书心得、艺术话题，但他并没有满足或沉迷于此，而是很快发现这个沙龙"看上去很专业，实际上影响很小"，他渴望的是"走出去，走到大世界中去，而不是陶醉在一己的小世界里面，咀嚼自己小小的悲欢"。在北京《时报》工作期间，他始终怀揣着热情和责任心，即使自己的想法不见容于他人，他也从不轻易放弃。也是在这里，顾明笛找到了自己的知音施越北、裴志武、徐苏力、唐婉约，虽然他们各自在现实生活中都面临不同的问题，但却拥有令人钦佩的共同点：有理想有追求，不苟且不逢迎，有为理想而奉献的精神，疾恶如仇，不同流合污。这四个人格独立、不为利益和权力所动的青年，被合称为"时代四怪"，是同事眼中的异类、领导眼中难以管束的下属，这样的处境恰恰映射出我们这个时代的"古怪"之处——真诚的、美好的品质被嘲讽、被唾弃，变异的、庸俗的"智慧"却被奉为圭臬。然而顾明笛不同，从相逢的那一天开始，顾明笛就坚定地与他们站在一起，即便几度深陷困境，他始终不为所动，与他们一起对抗世间的恶，一起捍卫彼此的正直和善良，最终在互相扶持中迎来了实现共同梦想的可能。

在 B 大读博士期间，顾明笛的思考能力再次发生了质的飞跃。在卷三《书斋》中，张柠并没有着力于书写顾明笛在课堂上的常规知识学习，而是将他的思想成长放在广泛的交流、对话，以及更重要的社会实践中去。在这一过程中，顾明笛逐渐不再依赖他人和外物，而是更多地与自己的内心沟通，不断进行自我启蒙、自我教育，进而实现了自我精神的成长。小说中有一段写到顾明笛与卫德翔的辩论，顾明笛反驳卫德翔关于"哲学"的论述，认为他"讲的是一种哲学化了的诗学，或者叫诗学化了的哲学"，"当我介入了真正的社会生活，参与了各种实践之后，我知道了自己应该做什么和能做什么，以及在做的过程中障碍是什么"。①虽然这场辩论最终因卫德翔强词夺理、混淆概念的战术和咄咄逼人的气势而告负，但顾明笛的内心并没有被打败，而是暗下决心"一定要赢回这思想的激情"。小说中的顾明笛在巨大的精神压力下，将自己未完成的开题报告撕得粉碎，这一幕在小说中形成了一个小高潮，既滑稽又庄重、既畅快又悲哀，我们从中感受到一个理想主义者的愤懑，但同时，正是通过这样具有戏剧张力的行为，顾明笛终于坚定地在学术与现实之间做出了自己的选择。此后的他，在面临人生的各种选择时不再像之前那样摇摆懦弱、优柔寡断，对于个体的精神成长来说，这是最为宝贵的财富，而是不是主动退学、究竟有没有取得博士学位，反而显得没那么重要了。

在现实生活中，"80后"一代普遍受教育程度高、知识体系完备、视野眼界开阔，但相似的成长环境、几无差异的教育背景，也削弱了这代人真正独立思考与自我启蒙的能力。在强大的现实面前，大多数人选择了乖顺、附和甚至是逢迎，他们不断重复着别人说过的话、不假思索地信奉着前人的思想，浑浑噩噩地度过他人所期待的人生。尤其是对于"80后"知识分子来说，当各种知识、主义和过剩的资讯占据脑海时，作为主体自我的辨别与坚持显得格外重要。而在顾明笛身上，我们看到了这种辨别与坚持，不管是在报社，还是在高校，他始终坚持自己的善意、良知和对事物的基本判断，在社会恶势力面前、

---

① 张柠《三城记》，北京：人民文学出版社，2019，第260页。

在人际关系复杂的报社、在看似强大的学术权威面前，他一次次被威胁、被诱惑，甚至面临生命危险，却始终没有被同化，始终坚守着自己纯粹的初心。正是这样的坚持，让年轻的顾明笛不断生发出更强大的主体自我和独立人格，逐渐成为我们这个时代的"主角"，成为稀缺而珍贵的"新人"。

行动哲学的践行者

回到与卫德翔辩论的那段话，顾明笛在其中提到了对他个人、也是对"80后"一代尤其是知识分子来说至关重要的话题：行动。在 B 大，当顾明笛因一次次深入了解高校的潜规则与学术黑幕而感到迷茫，甚至产生了离开校园、重返社会的念头时，程毓苏提出让他去工友夜校代课的建议。又一次，顾明笛因为深入火热的现实而重新获得了生命的热情。在这里，工友们的生活深刻教育了他，让他从个体的悲戚中醒悟："跟刘盛亮和王德乾他们相比，你那点小烦恼小情绪算个屁啊！"可以说，顾明笛人生中所遭遇的每一次彷徨，几乎都与他脱离现实的空想有关，而每一次，他之所以得以脱离这种彷徨，都源于他将自己重新投入真正的现实和行动之中。

是的，比起告别和思考，对于这一代"80后"来说，更重要的是行动。"行动"是顾明笛作为当代青年最为珍贵的品质，也是他区别于碌碌无为的大多数而最终成为新的"时代主角"的核心精神。如果说年轻的顾明笛因为具有自我反思与告别的勇气，以及时刻保持独立思考的能力而为人珍视，那么，坚决的、持久的行动力，最终让他成了"知行合一"的人，也成了可以被朋友、被家人，乃至于被社会与时代所仰赖的成熟的个体。在小说中，张柠借由乌先生之口告诉我们，"面对未来的希望，面对当下的决断，面对过去的良知，构成了完整的行动哲学。其中，'行动'特别重要"。①年轻的顾明笛辗转北上广三地，他用自己的蜕变与成长以身试法地证明了，唯有在"行动"中，所有的现实期待、个人梦想和社会抱负才真正拥有实现的可能。

自从离开父母、离开上海的那一刻起，顾明笛就再也不是一个只会空想的知识分子，他践行着乌先生所说的"行动哲学"的要义，不仅不断加深着自己对于世界的认识，更一次次试图改变世界，即使受伤也在所不惜、初心不改。随裴志武一起深入大西北，揭露当地沙漠污染的现实；反思学术和知识的意义，深入了解工友们的生活；南下创业，在商业模式下施展自己的抱负和才华，甚至学会了"粗暴"……正是因为勇敢地走出了象牙塔和安乐窝，走向了残酷而复杂的现实，顾明笛才得以摆脱一己之悲欢，直面更加广阔的现实，收获了对世界的新的认识。

刚到《时报》时，专刊部主编柳童评价顾明笛"尽管你看上去很有个性，但你身上同样有这个时代青年的通病，就是'小资情调'。这种'小资情调'是都市精神征候的典型表现形式。对于古典时代而言，它或许具有某种进步意义，对于现代社会而言，它的局限性则暴露无遗。比如自我意识太强，过

---

① 张柠《三城记》，北京：人民文学出版社，2019，第70页。

于自恋甚至自私，太在乎自我实现和自我形象，因而没有合作精神和牺牲精神。需要集体行动的时候，这种心态是不合适的。这也是一个人精神成长过程中的大敌"。①对于一个上海中产阶级家庭的孩子来说，"小资情调"几乎是顾明笛与生俱来的，其实"情调"本身算不上原罪，重要的是克服随之而来的"自恋"、"自私"和软弱，超越由此而生成的人格缺陷，从"都市精神征候"中脱身。顾明笛也的确是这么做的，在小说中，张柠让他的主人公离开都市、走进农村，离开书斋、走近大众，一个在城市文明的浸润中长大的浮萍般的年轻人，最终在乡土文明中找到了坚实的根基，他逐渐发现"农民才是本质的人，永恒的人，生长着的人"，"乡村的劳动更纯粹，更有力量"。小说卷四《民间》中，顾明笛在女友劳雨燕位于河北农村的故乡寻得了心底的安稳。从小资情怀的城市文青到凡事亲力亲为、稳扎稳打的青年人，顾明笛的成长代表了这代人共同的精神历程，显示了他们经由自我启蒙和切身行动而舍弃旧我、完成蜕变的可能，更包含着创作者张柠以至整个社会期待的目光。

作为一个时代的"新角色"，顾明笛的可贵之处在于，他能够不断地发现问题、直面问题、改正问题，让自己成为更好的自我；不论遭受了怎样的磨难，顾明笛始终坚持自己不变的理想和信仰，并且具有将其付诸实践的行动力，这些品质最终成就了五年后的顾明笛，也成就了小说《三城记》在塑造人物

---

① 张柠《三城记》，北京：人民文学出版社，2019，第148-149页。

方面的独特价值，为中国当代文学贡献了一位真切鲜活又具有代表性意义的新的"时代主角"。小说结尾，顾明笛准备再次北上，开启新的工作，也直面自己曾经的失败。在未来的人生道路中，这个年轻人当然还会面临各种各样的困难，或许依然会犯错并为之付出代价，但是我们有理由相信，此时的他已经逐渐成了精神世界的强者，可以不惧挫折地迎难而上，甚至有能力与坚硬的现实来一场正面对决。

结语

2019 年，"80 后"一代已经全体进入由"而立"至"不惑"的人生阶段。"80 后"是伴随着当代中国社会转型而生、而长的一代人，他们见证了当今时代的发展与变化，更是当下中国社会各方面建设的中坚力量。从这个意义上说，如今"80后"一代所必须担负的社会责任，并不应该、也绝不能够被"躲避崇高"的时代氛围所消解。在小说《三城记》中，张柠将现实的残酷、晦暗抛在了他笔下的"80 后"主人公面前，同时也赋予了他正义、勇敢、行动力等美德，小说中顾明笛的成长、成熟，饱含着作者对他笔下人物的爱与关怀，更折射出一种迫切的时代的呼唤。

托罗多夫在评价巴尔扎克和他笔下的人物时曾说："与其说巴尔扎克发现了他的那些人物，不如说是他'创造'了这些人物。但是，一旦这些人物被创造出来，就会介入当时的社会，从那时起，我们就不断与他们碰面。"① 对于中国当代文学来说，以顾明笛为代表的全新的"时代主角"的出现，是重要的文学史时刻；而对于当代中国社会来说，青年一代如何成为"顾明笛"、成为真正具有内在力量的人，更是无比重要的现实需要。

---

① ［法］茨维坦·托罗多夫《从浪漫主义到先锋艺术》，见《濒危的文学》，栾栋译，上海：华东师范大学出版社，2016，第 98 页。

"到底什么是独立、自由"

——由孙频的《白貘夜行》说开去

　　一个女人，一个年过四十的中年女人，一个年过四十的卖烙饼的中年女人，伴随着逐渐消逝的荷尔蒙和性魅力，她的人生，多半也已经是要被定格的。这样的女人，在我们今天的社会语境中，通常关联着家长里短、婆婆妈妈，甚至几乎是被大众嘲讽与耻笑的对象。但是，在小说《白貘夜行》（《十月》2020 年第 2 期）中，姚丽丽正是在见到这样一位女性之后，对自己看似安稳幸福的生活产生了怀疑与倦怠。在黑暗中，姚丽丽告诉自己那尚在青春期的女儿："如果将来有一天有人对你说起独立、自由，你一定要先好好搞清楚，到底什么是独立、自由。"

　　到底什么是独立、自由？

　　对于任何时代、任何地域的女性来说，这个简单而本质的问题都时刻与个体生命紧密相随。在百年的女性主义思潮中，几乎每个时代，关于这一问题的回答，都多少因为现实环境的影响而产生新的答案、生发新的意义。在凯瑟琳·约翰逊的时代，女性想要取得同等于男性的受教育、工作、参政等权利何其艰难，她们的独立、自由很大程度上就体现在是否有可能获得这样的权利。比如，在主张"身体写作"的埃莱娜·西苏等作家看来，女性的独立、自由非但不能以去性别化为代价，更应该在身体解放的基础上彰显女性的生理特性，即"她的肉体在讲真话，她在表白自己的内心"。

到今天，如同小说《白貘夜行》中的姚丽丽一样，当大多数女性已经可以拥有"一间自己的房间"，更不必再受紧身衣的束缚时，我们应该怎么理解女性的独立、自由？

对于今天的女性而言，在大众文化的虚幻想象以及被侮辱与被损害的处境之外，是不是还存在其他的可能性？

小说《白貘夜行》给出了答案。

在小说中，北方小煤城的四个年轻女教师，"在一起聊得最多的话题就是，怎么能离开这个鬼地方，然后跑得无影无踪，永不再回来"。她们时刻幻想着在一个遥远的精神家园开启自己新的生活。小说中的她们，考研、谈恋爱、给远方的爱人写信……所有的努力都是为了逃离现实，远走他乡。许多年后，从未收到男友回信的梁爱华成了单身老姑娘；曲小红嫁给了煤老板的儿子，生了两个孩子又离了婚，在省城打工几年后回到小煤城；姚丽丽选择了最稳妥的生活，为人师表、相夫教子，看似是姐妹中最幸福的那个。没有人知道当初徒然消失的康西琳去了哪里，直到二十年后的某一天，梁爱华在百货大楼门口与她偶遇。

如今的康西琳，既没有衣锦还乡，也没有穷途末路。如同这篇文章开头所说的，她不过是一个年过四十的卖烙饼的中年女人。而这一连串的定语所抵达的想象，无不指向平庸、贫穷，甚至有点落魄、凄凉的人生境遇。婚姻、后代、金钱、权力，这些人到中年所倚赖的人生财富，二十年后重回故乡的康西琳一无所有。因此，她理应是羞于见人的，理应在那些幸福的老友面前羞愧得抬不起头来。

英国学者詹尼特·托德在《女性情谊》一书中，总结了文学史上的五种女性友谊：浪漫型、欲望型、控制型、政治型、社交型。大众文化中呈现的多是第一种，亲密、浪漫，而现实则复杂得多。小说《白貘夜行》中所隐藏的女性友谊，几乎涉及了以上五种。当初不告而别的康西琳再次出现在小煤城时，她的现状很可能成为其他三人人生的一面镜子——如果当初，她们像康西琳一样孤注一掷地离开家乡，现在会是什么样的结局？因此，当她们得知康西琳如今只是在百货大楼门口卖烙饼时，第一时间涌起的情绪既不是关怀也不是同情，而是如释重负。女性友谊的微妙性在这个细节中得到了充分体现。康西琳过得不好，这无意间让其他人成了隐秘的赢家，当此之时，作为强者，她们必须表现出对弱者的怜悯与体恤，于是，姚丽丽乔装打扮，暗中观察着寒风中的康西琳，小心保护着她的"自尊心"。

然而，让她始料未及的是，作为一个卖烙饼的中年女人，康西琳的手掌粗糙，因为繁重的劳作而红肿皲裂，但她却不合时宜地为那双日渐衰老的手反复涂抹着护手霜。要知道，护手霜代表的是一种精致的生活，就像《哦，香雪》里的那个铅笔盒一样，代表的是遥远的另一种生活，而不该属于康西琳这样的劳动妇女。但是，康西琳才不管这些，她不仅用得如此自然，甚至还要"把手放在鼻子下面闻了闻，然后很满意很欢快地把两只手捧在胸前，好像在做祈祷一样"。还有，这个卖烙饼的中年女人，居然还能在自己的小摊位上堂而皇之地读书，而且读的竟然是《尤利西斯》和《劝导》。在所有人都或多或少地经历了现实的损耗、日常的消磨时，看起来最落魄的康西琳却还能够像许多年前一样，旁若无人地读着她心爱的小说。甚至，中年妇女康西琳还拥有着爱情，当其他同龄女性已经遭遇婚变或正在日复一日地承受着日常的琐碎时，康西琳还是像青春期的少女们那样，抱着"高兴了在一起，不高兴了就各走各的"的心态，肆无忌惮地向那个小她十岁的男友撒娇。

你相信这样的女性会存在于真实的生活中吗？

如同小说中的其他三位女主人公一样，我们大抵也是不信的。

这种"不信"的背后，是姚丽丽，也是我们整个社会对于中年妇女的固有想象，她们应该平庸而世俗，应该围绕着家庭、子女而碌碌无为，如果她还只是个卖烙饼的，那就更显得凄惨悲凉。而眼前的康西琳，不仅完全不符合这样的想象，甚至几乎摧毁了我们渐趋稳定乃至固化的社会评价体系。康西琳的摧毁性在于，她体尝了人生百味，也遭逢了几乎所有磨难，她爱过、恨过、富过、穷过，甚至还经历过牢狱之灾，人生的大起大落，应该让她更深刻地感受到如今处境的艰难与落差。然而恰恰相反，此时的康西琳看起来比任何人都快乐，她并不拒绝与故人相见，她放肆地笑、大胆地吃，她"失败"得如此坦荡——不，康西琳根本就不认为自己"失败"，她完全漠视那套大家心知肚明的评价体系，只过自己的日子、专注眼前的快乐，更不揣测别人的生活，她的坦荡、轻松、自得，反而让他人感到羞愧。

早在1942年初，女作家丁玲就已经告诉我们："女人要取得平等，得首先强己。"（《三八节有感》）。在很长一段时间内，深信"经济基础决定上层建筑"的我们，更多地将"强己"的重点放在了取得女性的经济独立上。似乎只有那些经济上实现了独立的女性，才有可能不必成为男性的附庸，也才有权利谈论平等、独立、自由、尊严等精神层面的问题。但是康西琳让我们看到了另外一种可能性。一个卖烙饼为生的中年妇女，显然经济能力相当有限，在这样的条件下，她有可能获得独立、自由吗？当小说中的曲小红坐在她前夫那昂贵的悍马车里时，或者当中学教师姚丽丽在小煤城赢得体面的生活时，她们看似拥有了多少女性梦寐以求的财富和尊严，但是，这种虚幻的尊严，却在那个当初被迫离开，如今又一无所有地回来的康西琳出现后被击得粉碎。

在小说中，作家将一个女性的尊严最大程度地赋予了康西琳。康西琳既没有稳定的生活、幸福的家庭或者富裕的经济条件，但即便是过时的妆容、粗糙的饭菜，依然能够让她获得多数人难以企及的快乐和豁达。当几乎所有人都沉沦在现实的泥淖中时，唯有康西琳，在经历了世俗的起落磨砺之后，依然没有放弃对生活的热爱。也正是在这种热爱中，康西琳最大限度地保持着一个女性的尊严，这种尊严来源于自己的内心，既不依附于他人，也不依附于外在于生命的各种现实条件。

现在，或许我们可以回答开头的那个问题，"到底什么是独立、自由？"

在不同的时代语境中，女性的独立、自由既共享着类似的特征，又表现出不尽相同的变化。在中国文学的书写中，我们见到过莎菲女士（丁玲《莎菲女士的日记》）、见到过翠姨（萧红《小城三月》）、见到过司猗纹和苏眉（铁凝《玫瑰门》）、见到过多米（林白《一个人的战争》），也见到过吴为（张洁《无字》）……今天，我们又见到了康西琳。通过这个人物，年轻的女作家孙频传递出这代人对于女性身份的新的思考。康西琳的出现，或许某种程度上正在暗示着，在新的现实语境之下，在女性不必挣扎于饥饿、贫穷的基本前提下，当男性与男权意识不必再成为女性反抗与敌视的对象时，她们将有可能真正享受属于自己的人生。就像康西琳一样，许多年后，她仍旧在读书、在恋爱，在一个个夜晚穿越巨大的坟墓，跳到汾河里面尽情地游泳。

在康西琳的身上，我们看到了另一种独立、自由，或者说，我们看到的是真正的独立、自由。这个人物看起来微不足道，但是却又尊贵无比。因为她的存在，我们可以相信，作为当代女性，我们不必再恐惧衰老、贫穷，韶华易逝或流水无情，我们永远有权利追求独立和自由。是的，我们应该追求的，是精神的独立、灵魂的自由。

都市生活与江南风貌

——读 2019 浙江"新荷十家"的作品

　　作为江南文人传统的典型代表，浙江文学在中国当代文学的现实版图中占有重要地位。入选 2019 年"新荷十家"的作家卢德坤、余静如、陈巧莉、余退、边凌涵、尤佑、胡海燕、陈树、朱夏楠、魏丽敏等，作品涵盖了小说、散文、诗歌等多种文学体裁，虽然他们各自的创作路径、审美特色不尽相同，但是，在精神层面却都与浙江的生活现实、文学传统具有密切联系，他们的创作也共同显示着浙江文学的新生力量。

　　浙江自古是中国商业重地，伴随着商业化的发展，这里也成为中国城市化起步最早、发展程度最高的地区之一。成长于这样的现实语境下，青年作家对城市生活的现状、问题以及都市人的心理状态有着细致入微的观察，书写都市生活，也因之成为浙江青年文学创作的主流之一。卢德坤的小说《逛超市学》塑造了一个现代都市中的典型人物：闲逛者。一百多年前，爱伦·坡在他的侦探小说中创造了"人群中的人"，这一形象发展到波德莱尔的时代，成了大都市巴黎中随处可见的人——本雅明称其为"闲逛者"。《逛超市学》中的"我"是一个不爱出门、不爱社交的"宅男"，某天偶然发现了逛超市的乐趣，从此爱上这种"放风"活动，并决定以"逛完城中所有超市"为目标，亦以此为路径，重新审视这座生活多年却依然陌生的城市。如同本雅明所说："百货商店是闲逛者最后的去处。如果说闲逛者最初将街道看成室内，那么百货商店这个室内现在就变成了街道。现在他在商品的迷宫里漫游穿行，就像他从前在城市这个迷宫里穿行一样。"①在都市文学中，"商店"既代表了现代社会、商业社会的时代背景，又是一个典型的都市人的集散地。在这里，人们相遇却彼此隔绝，一旦走出商店，又成为素不相识的孤独的个体。《逛超市学》中，作为"商店"之一种的"超市"，既是"我"独自打量现代都市的一扇窗口，同时也是现代都市生活多样又匮乏、热闹又孤独的复杂景象的缩影。

时代的发展、变迁造就着一代人不同的精神世界，与此同时，也必将造就一代之文学。《逛超市学》是一篇具有强烈都市文学精神内核的小说，小说中"我"的日常生活与精神状态，直指现代都市的"孤独病"，也代表着一代都市青年的精神征候。20 世纪初期，西方文学中出现了许多孤独者、漫游者的形象，如今一个世纪过去了，"孤独"似乎依旧是现代都市最重要的精神特征，但是，与一个多世纪前不同的是，我们正在越来越习惯孤独，甚至爱上了孤独。都市生活经历了巨大改变，从"从前车马很慢，书信很远"，到飞机、高铁可以把我们快速送到任何一个地方，以至于互联网出现之后，人与人的相处模式发生了根本性改变。《逛超市学》中的"我"，以及以卢德坤为

① [德]瓦尔特·本雅明《波尔莱尔：发达资本主义时代的抒情诗人》，王涌译，南京：译林出版社，2014，第53页。

代表的一代青年作家，他们是在互联网时代长大的一代人，他们的交际已经不再依赖于面对面的交流，而是更习惯于躲在屏幕背后，独处成为这代人的生活常态。于是我们看到，小说中的"我"并不以孤独为耻，也不因孤独而伤感、焦虑，相反，孤独成为他们最享受的状态。这种面对"孤独"的心境与状态，与20世纪的城市书写具有重大差异，而这种差异也是当下都市文学精神内核的显著变化。

余静如的《404的客人》、边凌涵的《零》、魏丽敏的《归去来兮》则是从现实层面入手，处理现代都市生活的问题。如果说《逛超市学》写的是现代都市人的"孤独"，那么，《404的客人》《零》则道出了现代都市人的"秘密"。《零》中的朱零和朱一是一对双胞胎姐妹，但小说最后出现反转，这两个人很可能都是朱零，或者说，是具有一定精神分裂倾向的朱零对自己人格与人生的臆想。事实到底是什么，朱零以及丈夫杨祈嘉到底在隐瞒什么，作者没有给出确切答案。小说中这种看似相互熟悉，实则坚实的彼此隔绝的状态，正是都市生活的真相。余静如的小说《404的客人》中，女主人公阿布向房东隐瞒了自己有男朋友的事实。某日，男友阿芒的妈妈突然出现让阿布不知所措，随后，阿布的姨夫、姨妈和邻居阿姨不请自来，这个本应属于单身女孩的租房就这样挤满了莫名其妙的人。就在这时，房东夫妇敲响了阿布的房门，阿布房间内的秘密暴露无遗。自责的阿布本想登门道歉，却因此发现了房东夫妇的秘密。原来，每扇门背后都藏着一个故事，每个人都有自己秘密的心思，现代都市的好处在于，一旦把门关上，就没有人可以洞察你的秘密；而危险则在于，万一这扇门被意外打开，你就有可能变成另外一个人。即便是看起来和蔼可亲、高素质、有教养的房东夫妇也一样。小说最后，洞悉了"每个人都有秘密"这一秘密的阿布，似乎因此获得了某种"自信"，也终于可以勇敢地向男友、向姨妈说出了自己真正的内心感受。

出租房屋，这种现代都市特有的生活方式，正在构成现代都市人日常生活的浮世绘。同样是租房，《归去来兮》中的陈晨已经是房东郝美丽六年的老租客了。流动性是租房的基本特征，在小说中，私奔的小情侣、无人看管的老夫妇，一对对租客来了又走，由此渐次展开的，是他们各不相同的生活状态以及他们背后的故事。小说最后，女主人公陈晨决定放弃大城市的工作，与男友一起回到老家，重新开启自己的人生。价值多元是都市生活与都市人在精神层面的一大标志，在中国，经历了数十年的城市化发展，大都市与中小城市甚至城镇的距离正在缩短，与多年前人们几乎千篇一律地追求"扎根北上广"不同，如今，越来越多年轻人对个人生活采取不同的评价标准，他们逐渐认识到，与其在大城市租房、打拼、承受巨大的压力，不如选择在中小城市过一种更舒适的生活。而这样多元化的人生选择，以及这些选择的可能性，恰恰是城市化发展的必然结果。

作为城市精神文化发展的一大产物，浙江的类型文学创作在全国也有着突出的影响。不仅网络文学"大神"云集，几乎独揽中国网络文学的半壁江山；在儿童文学方面，浙江也有着悠久的传统，自新文化运动以降直至今天，一代代浙江籍儿童文学作家活跃在中国儿童文学创作界、理论界和出版界。此次入选"新荷十家"的陈巧莉、陈树，都是浙江籍的儿童文学作家。陈树的《火枪兔之古镇魅影》写的是一个虚构的"古镇"，里面住满了心思各异的小动物们，其主体故事具有侦探小说的雏形，其中的"人物"性格也无疑取材于现实。虽然这是一个幻想的世界、虚构的故事，但作品所张扬的，却依旧是正义、勇敢、仁爱等人文主义的核心价值。陈巧莉的《背着时间去旅行》则面对着个体的历史与回忆。文章开篇便点明了时空：小时候、小山村。作者用孩童的眼睛打捞时光，以自己儿时的几个记忆片段、几位特殊的人物为切口，体贴入微地描摹了乡土中国的日常生活与乡俗人情，传递出作者对那段单纯美好的往昔时光的怀恋。与之类似地，乐于并善于从日常细节入手，发掘生活中的诗意和美学，也是以浙江为代表的江南作家的一大特长。

另外一些同样生活在浙江的年轻作家，则用个人的写作承继着浙江的文脉，他们的作品表现出明显的江南文人传统。在《江南文人》一文中，叶兆言曾梳理过江南文脉："江南的文明是从东吴开始的，东吴是我们文明的源头。在东吴之前，整个江南地区基本上都处在蛮荒年代，那时候江南到处都是沼泽地，人烟稀少，关于它的文字记录的历史，都是虚无的，更多的是一些传说。"随着南宋定都杭州，中国文化中心南移，江南文人无论是在政界还是文化艺术行业，都一度占据着极为显赫的地位，而浙江更是其中的翘楚。及至白话文学以来，以鲁迅、茅盾、周作人、郁达夫等为代表的浙江作家，成为中国现当代文学的奠基者，为中国文学的发展做出了重要贡献。纵观浙江作家的创作可以发现，从古至今，始终有一条隐秘的文化与精神线索贯穿其间，那便是以文人趣味为核心的审美与意识形态。一方面，这是由江南一带丰饶的地理环境、宜人的气候条件所催生的；另一方面，更是由其坚实而悠久的文化底蕴所决定的。与粗粝、刚强的北方文化相比，江南文化是柔美的、细腻而妥帖的，基于此，一种粗略却仍有一定代表性的区别是：北方作家更重思辨，他们热衷探讨宏大的社会与现实话题，而江南作家则善于抒情，他们更关心日常生活及其本身所蕴含的美学与价值。

2019"新荷十家"中的几篇散文，集中体现了江南文脉中的文人雅趣。胡海燕的《如在桦溪》、朱夏楠的《保国寺的雨》共同面对的，是携带着中国古典文化的历史时空。《如在桦溪》写的是位于浙江省金华市的桦溪村，据作者所述，孔子后人孔端躬在举家南迁的过程中路过此地，父亲孔若钧一病不起，一行人暂时落脚，而那棵由北地带来的桧树苗却在此落地生根。于是，孔家遂了"树意"，从此在桦溪安家。跟随作者的脚步，读者继续游览了位于这里的孔氏家庙、古戏台以及杏坛书院，借助对孔氏故园的观察，作者也将对儒家文化的介绍融入其中。文章最后，书院中阅读的老先生以及他"半耕半读"的人生，恰恰就是这一价值的生动写照。《保国寺的雨》从几次陪同友人游览宁波的保国寺入手，进而散记自己几次独自出行的经历。与一般游记不同的是，作者的目光不仅在现实景观，更在于以此为通道，与历史、与古人对话，如由保国寺想到宋徽宗、由滕王阁念及王勃、由海昏侯博物馆忆起刘贺，如此等等，既蕴藉着浓厚的文化氛围，更有一种岁月蹉跎、沧海桑田之感。

尤佑和余退的两组诗歌，同样也是从生活中的事物或细节出发，孕育出饱含深情的诗篇。尤佑的《植物记忆》由观察植物的生长而引发了关于爱的记忆；《拼图游戏》描绘了一家人围坐拼图的场景，是平凡日常中一次想象的浪漫逃亡；《坡地》凝视午后的阳光，进而遐想到过去与现在、现实与虚构；《不死的火焰》《桃花之光》则通过火焰、夜景这两项并不特殊的事物，营造出极具诗意与美感的想象空间。与尤佑诗歌中浓烈的抒情性相比，余退的诗则更注重描绘日常生活的场景，《提线木偶》《换乘》《系鞋带》面对的都是日常生活中频繁上演的情景，诗人却将其赋予了哲理性或神圣感。在《断弦琴》中，诗人写道："第一根弦：为我出生啼哭的第一声茉莉而断／第二根弦：为看懂母亲泪腺咽回的几粒粗盐而断／第三根弦：为读到埋灰的经文里人可以不死而断／第四根弦：为凛冬的寂静划动着我的银桨而断／第五根弦：为女儿用蜡笔涂下黑色的太阳而断／第六根弦：不可再断，像留下的如缕的一条生路。"寥寥数笔，几乎道尽了生命的成长与蹉跎，最后一句笔锋突转，独具一种绝境中生出坚毅的力量感。

必须承认，善于观察城市生活、描摹日常细节，对江南文人传统有所承继等等，这些既是浙江青年文学创作的特点，同时，这种对个体创作的简单概括，某种程度上也遮蔽了他们各自的闪光点。在写作中，更重要的不是你代表了什么，而是你永远无法被代表，或者说，你永远只是代表自己。在人杰地灵、文脉悠长的浙江，青年作家如何在这片沃土上，生长出独属于自己的个性，成为无法被代表的"那一个"，才有可能真正完成个体的文学成长。

| 第三辑 |

美，及其突围

把自己作为方法

——《诗来见我》及李修文的写作

社会学家项飙曾经在与吴琦的对谈中提到，"个人经验本身并不是那么重要，把个人经验问题化是一个重要的方法"，"把个人自己的经历问题化，就是一个了解世界的具体的开始"。项飙提倡在学术研究中"把自己作为方法"，由是，个体经验就有可能成为具有普遍性问题的切入点，并最终指向更大的存在。在当下的文学写作中，我们常常见到被精巧的技艺、雄辩的激情或宏大的思考所包裹着的作品，它们通常直面"世界"、直指"问题"，然而真正能够显现"自己"的作品反而是匮乏的。李修文是典型的"把自己作为方法"的作家，在他的写作中，他人、外物，乃至文字与生活本身，都是经由"自己"，才具有了人间的温度与现实的意义。

一直以来，李修文似乎都深知作为一个作家，随时可能面临的种种疑问与困境。许多年前，以小说家身份出道的他宣布自己"写不出来了"，"一个字都写不出来了"，于是，小说家李修文从封闭的文学世界中走了出去，去重新生活，同时寻找新的写作方式。直到 2017 年，仿佛呼吸着崭新的空气一般，散文集《山河袈裟》出版了。在这里，我们看到李修文将个体的生命遭际与笔下的文学相打通，并随之建构起一套全新的美学、全新的世界观，也是在这里，我们看到了一个作家的断裂与重生。如果说，写作早期的李修文仅仅是一个颇具才华的小说家，那么，从《山河袈裟》开始，作家李修文重新树立了自己的精神高度，在生活中、在"人民"中，李修文反复修炼自己，他忏悔、反思，为每一个平凡的灵魂真情歌唱，最终脱胎换骨。如其所说"我想要在余生里继续膜拜的两座神祇：人民和美"，从《山河袈裟》到《致江东父老》，属于李修文的独特的美学世界渐次展开：除了具有浓烈抒情色彩的语言与修辞风格之外，更重要的是，他推崇、甚至是臣服于一种来自于人民的，与最朴素的情感、最基本的道德相关的"精神"。如其所说"我想要在余生里继续膜拜的两座神祇：人民与美"，李修文在文字中反复赞颂的，是那些饱受生活之苦，却一步步挣扎出力量的人们，是那些让他"长出了新的筋骨和关节"的人民。

如果说《山河袈裟》和《致江东父老》这两部作品建构并呈现了李修文的美学世界，那么，《诗来见我》就是去寻找这种美学的来路和精神原点，进而重新召回其所仰赖的巨大的精神势能。中国传统文化具有"泛道德"的特点，我们相信"天下唯有德者居之"，"公天下"的道德理想为人们提供了最高行为准则；与此同时，如同李泽厚所指出的，中国文化之核心是"情本体"，以家国情、亲情、友情、爱情等各种"情"作为人生的最终实在和根本。在这个意义上，李修文作品的美学核心，恰恰代表着传统的"中国精神"。也是在这种独特的美学风格的统摄下，他笔下那些波澜壮阔的情感、那些宏大而华丽的词句才能如此妥帖地被安放、被承载。

王国维在论及中国古典诗词时曾提出"无我"、"有我"两种写法，亦为两种境界——前者优美，后者宏壮。李修文的写作显然是倾向于"有我"的，环境、景物在李修文笔下具有特殊的意义，细看《诗来见我》中的各个开篇便会发现，几乎每一篇都是由营造某种特定的场景而展开的。李修文善用环境起兴，《犯驿记》起笔于连绵多日的小雨和浓雾中的春日驿站；《红槿花开》里，"晚来风急，很快，山间便下起了大雨，而后层雾突至，又当空高悬"；《枕杜记》开始于"大风突起，霜寒露重"的微山湖上；《雪与归去来》发生在夜晚降临、大雪漫天的圣彼得堡；《追悔传略》中的"我"，徘徊在雨中的沈园门前；《酒悲突起总无名》写的是祁连山下的小镇，油菜花开得正好；《最后一首诗》从冬日里的一座小城医院写起……正所谓"以我观物，故物皆著我之色彩"，李修文的笔下，充斥着狂风暴雨、寒霜浓雾、飞沙走石，这些看似偶然的相遇、看似不经意的环境塑造，实则字字指向作者内心汹涌的情感——文中的那个"我"，常常就是在这样的景观中醉酒、狂奔、涕泗横流。李修文并不信任纯粹的、乃至纯粹到脆弱的"优美"，他所追求的，是承受着现实磨折、经历过时间淘洗的"宏壮"。也是在这种完整而浓烈的美学风格的笼罩下，作为"物"的一切波澜壮阔的风景，与"我"心中无数大开大合的情感发生了联系，并最终熔为一炉。

从早期小说中偏向于文艺青年式的、小资产阶级式的美学，到如今与"人民"、"大地"紧密相连的美学，李修文始终坚持着"有我",坚持着"把自己作为方法"。面对中国古典诗词这个庞然大物，大部分作者与读者都选择了隐身，不自主地成了这只巨兽的小小注脚。《诗来见我》彻底颠覆了这种已渐成惯性的写作方式，在书中，李修文所选取的并不是我们所熟知的名篇佳句，也并非都是文学史上享有高度评价的诗人，他所挑选与书写的，是那些能够在个体处境中真实唤醒某种情绪与共鸣的时刻，或者说，这些存留于历史的诗词，唯有通过李修文的"自我"才能重新生发出意义，因而，它们无不成为李修文个体生命的一部分，也最终都服膺于李修文的美学。

于是，当我们合上书本，留下最深刻印象的，并非是书中所论及的元稹、白居易、杜甫、韦应物等诗人，也并不是与作者萍水相逢的老周、小林、马三斤等现实人物，而依旧是他笔下的那个"我"——那个经历了现实生活的困顿和挫折，而又在古典诗词、在真切的人间重新获得力量，进而抖擞精神、重新上路的"我"。这个"我"，既是作者的自况，某种意义上也是他所力图塑造的理想人格。在《诗来见我》中，这个理想人格的载体无疑是"我"，而在精神层面上，其理想性又来自于那些遥远的诗人与"我"身边无数的平凡人，进而，这三者最终汇聚为携带着"中国精神"的"中国人"的形象。也是经由此，书中所写到的那些诗人、那些诗作，甚至那些曾经与"我"相濡以沫的人们，都成了作家自我叙述、自我抒情时的注脚。所有的相遇，不论是纸上的、文字的相遇，还是现实空间中与形形色色的人的相遇，都成了李修文写作的方法与路径，而这条路最终指向的，即是一个具有强大主体性的作家自我。

如果借用李修文所钟爱的古典诗词，我想，《诗来见我》的写作恰好体现了两种文学观与表达方式的冲突，也正是这样的冲突，隐含着李修文散文写作的矛盾与复杂。如同他反复吟咏的诗人杜甫一样，李修文看重"人间"，他用真切的行动拒斥着那种过于封闭而高蹈的，与现实、与"人民"相脱节的生活，他将自己对于生命的信仰、将他所理解的"中国精神"悉数寄托于"人间"，寄托于无数平凡的小人物身上。在《诗来见我》中，李修文着意书写的正是杜诗中的"感时花溅泪"、"万里悲秋常作客"，更是沉郁顿挫之后的海阔天空。然而，杜甫诗歌之"沉郁"，多半来自他所眼见及其诗中所呈现的现实，来自这种现实本身所包含的巨大的悲苦。杜诗极少直陈自我，不论怀念亡妻、题赠诗友，抑或是他几乎每时每刻的忧国忧民，都是将他者、将一切外物视为主体，而"自我"在其诗中常常是作为客体，诗人的议论、抒情，皆是借由对他者与对外物的描摹而折射出来的。李修文的写作虽然在意识与审美层面如此切近杜甫，却在表达方式上与其有着重要的差别，与杜甫恰恰相反的是，李修文将自我作为方法，也将自我作为目的，他写作的出发点与终点，最终都指向了"我"。于是我们看到，在李修文的散文中，叙事性与抒情性、对他者的关怀与对自我的抒发总是彼此纠缠、相互拉扯。

就表达方式而言，《诗来见我》的写作似乎更加接近李白——其中字字句句，莫不都是"与君歌一曲，请君为我倾耳听"。这两位作家笔下强烈的主观色彩与情感色彩，皆来自于他们具有强大主体性的抒情自我；而他们诗情与才情的爆发，很多时候都是来源于这个强大的"自我"的受困，他们那豪情万丈、势如长虹的文字，常常是在被压抑的、困厄的环境中所激发的——不得不提的是，在写作《诗来见我》时，身处疫情中心的李修文，正面对着突如其来又不可阻挡的现实变局，以及所有人都尚未可知的未来。可以想见，在那个特殊的时空之中，写作无疑是李修文试图在精神世界中挣脱此时此地的一种尝试。在这个意义上，写作不仅是作家"游方时的袈裟"，更是自我救赎的诺亚方舟。

小说家的"中年"

2018 年，小说家张楚 44 岁。从 2006 年出版第一部小说集《樱桃记》到现在，十余年间，张楚经历了由一个业余写作的基层公务员到已负盛名的专业作家的转变，也经历了一个男人人生历程的缓慢流逝与蜕变。如今的他，已经是一个实实在在的中年人。小说集《中年妇女恋爱史》是张楚的第四本书，他在后记中援引福克纳《喧哗与骚动》的结尾："他们在苦熬。"在这本书中，张楚刻画的依旧是他多年来持续注目的那些小城镇的平凡男女。所不同的是，张楚逐渐放弃了他曾经热衷使用的意象符号、写作技巧，将自己还原为一个真诚的倾听者和尽量质朴、简单的记录者。写作手法上的转变反映的是心态的变化，随着年岁渐长，当"他们"成了我们、成了小说家自己，一种强烈的共情生发出来，而对于写作者来说，那是远比技巧更珍贵的切肤的悲悯。

当代爱情

如同小说集的名字所称，这是一本有关"爱"的书。《金风玉露》《风中事》的主人公美兰、关鹏，都是在反复相亲、不断试探中逐渐失去耐心的大龄青年，当他们偶遇一段爱情，到底有没有幸福的可能？《直到宇宙尽头》讲女主人公姜欣被丈夫背叛后的几次复仇，《中年妇女恋爱史》围绕茉莉由少女到中年时代的几段婚姻和爱情展开。四篇小说连在一起，构成了有关爱情的不同侧面：寻找、试探、有限的付出、背叛与被背叛。

当我们想起爱情，无数熟悉的名字涌入脑海：罗密欧与朱丽叶、梁山伯与祝英台、宝玉和黛玉，几乎无一例外地，一见钟情、电光火石，在戛然而止的一刻爆发出惨烈的美。反观张楚笔下的爱情，实在有点残酷，有点太不浪漫了，既没有想象中的年轻、天真、朝气蓬勃，更不够纯粹与虔诚。张楚写的是被岁月风蚀之后的中年人的爱情，他们不再憧憬着"命中注定"、"真爱只有一次"，而是时刻在情感关系中权衡利弊、算计得失。中年人的爱情绝不仅仅是爱情本身，更充斥着现实的种种变量，如同卡佛所说："爱这个字——这个字逐渐变暗，变得沉重而摇摆。"在沉重而复杂的现实面前，人们不得不将爱的自由与勇气束之高阁。

在现实生活中，张楚洞察了我们这个时代爱情的样子，它不再具有少年般不顾一切的热烈，成了自我标榜与提升的工具，散发着一种腐朽而悲伤的意味。小说《中年妇女恋爱史》中，18岁的少女茉莉遇到了"桃花眼，希腊鼻，还是商品粮"的高宝宝，高宝宝美好而脆弱，如同所有的少年之爱一样，这段感情无疾而终，却在茉莉心里种下了一颗种子。五年后，茉莉嫁给了"县城的"、"县轧钢厂上班"的高一亮，婚姻生活不能说不幸福，高一亮踏实肯干，又对茉莉言听计从，但风平浪静的生活多少让茉莉感到空虚。果然，一次高一亮跑长途回家，在床上堵住了茉莉与他的哥们儿黎江。此时的茉莉已经成了县城茶余饭后的谈资，她当然不能输，坚决要跟黎江"办一场豪华的婚礼"。婚后四年，茉莉发现黎江与自家酒店的小姐有染。再次离婚后的茉莉独自带着孩子，在众多追求者中选择了县民政局的公务员姜德海，两人到了谈婚论嫁的地步，却因为与初恋高宝宝的重逢而意外结束。在这几段感情中，茉莉始终在权衡、在试探，如同我们这个时代所有年轻漂亮的女人一样，她旗开得胜、先机占尽，始终是爱情关系中掌握着主导权的那个人。即使离了婚、带着孩子，即使年届中年，她依然是骄傲的，骄傲到居然爱上了比自己小十几岁的蔡伟。此时的茉莉经历了情感的沉浮，也享过了富贵荣华，本想只是听从感觉的召唤，不料越陷越深，以至于将半辈子的积蓄连同真心一起交给了蔡伟。然而就是这时，当她终于决定不问前程地与蔡伟在一起——不管他多大年纪、有没有存款甚至有没有家庭——"如果这样一辈子，她也愿意的"，却遭遇了最严酷的情感与经济的双重背叛。中年妇女茉莉的几段爱情经历让我们伤感地发现，那些被反复教导的爱情格言被证明是正确的：在爱情尤其是在婚姻的选择中，瞻前顾后、思虑周全，方能收获即便只是短暂的幸福。相反，一旦抛弃世俗陈规，在"理想爱情"的幻觉中全身心付出时，迎来的却只有伤害和痛苦。

看得出，小说家张楚更钟情的是纯粹无功利的爱情，他对于我们这个时代爱情的变异，与其说是在批判，不如说是感到悲哀。在生活中，当我们劝诫那些爱情中的年轻人"现实点"，无疑是希望他们放弃对纯粹爱情的追逐，回归充盈着物质与权力的现实世界，仿佛这已经成了一种"成熟"的表现。浪漫主义者张楚当然不会赞同，让他感到悲哀的恰恰是这一点，在他看来，年轻人追逐纯粹爱情的日子一去不返，反映的正是这个时代整体的堕落。于是，张楚不无讽刺地写到：美兰"好歹要找个北京户口的"（《金风玉露》）、关鹏在择偶时要"进行一次科学化的、程式化的考察"（《风中事》）、米露母亲在听到对方条件平庸时"眼神越来越冷淡"（《风中事》）……这些散落在小说中的细节，共同构成了作家笔下"典型"的当代爱情。但与此同时，张楚并没有站在道德制高点上谴责这些卑微而平凡的人们，在坚硬的现实面前，小说家软弱而悲伤，就像个体的人是那样渺小。他只有虔诚地倾听他笔下人物的故事，既不能送他们一个美好的未来，也更加不忍心让这些孤独的个体与现实相对抗。

如同张楚在小说集后记《虚无与沉默》中所说："似乎只有 19 世纪的欧洲小说里，男人娶女人或女人与男人谈恋爱才拿金钱做量器。……而在中国当代生活中，爱情正模拟着欧洲小说里的金钱标杆，它如此醒目、如此自得又如此旁若无人，仿佛只有如此，它才像动物的性器官一般存在并散发出谁也说不出却心知肚明的气味。"[1]出生于 18 世纪末的英国作家简·奥斯汀，穷其一生都在书写那个时代的爱情。在她笔下，嫁给一位绅士（最好还可以在不久的将来继承一笔遗产）是所有少女共

---

[1] 张楚《中年妇女恋爱史》，北京：十月文艺出版社，2018，第 334 页。

同的梦想，反过来，自身的家世与财产也是她们是否嫁得出去的重要条件。在《理智与情感》中，热情的、爱幻想的玛丽安因为不够富有而被爱人无情抛弃，几乎陷入了毁灭的境地；而清醒的、理性主义的伊利诺却最终收获了幸福。奥斯汀告诉我们，在爱情中，保持冷静与理智的头脑是珍贵的，不断地自我反思和自我克制更是必须的。19世纪奥斯汀的教导至今仍然适用，在当代中国，财富与地位在一段爱情中的作用与奥斯汀的时代惊人相似，19世纪欧洲小说中那种挂在嘴边的赤裸裸的权衡，如今已经渐渐内化到当代中国人的价值观中。所不同的是，奥斯汀将这种权衡视为自我成长的一部分，她并不认为玛丽安最后的转变是对现实的被迫妥协，甚至期望所有的玛丽安最终都能成为伊利诺；而在张楚看来，这种转变与妥协是痛苦的，他小说中那些走向"成熟"的历程背后，都蕴含着作家深刻的无奈与不甘。或许这也正是当代人与当代爱情的悲剧所在：我们既无法坦然接受现实的吞噬，又丝毫没有能力做出反抗。在理性与情感、现实与理想的夹缝中，爱情正在逐渐变得残破不堪，甚至成了我们越来越羞于启齿的禁忌话题。

被遗忘的"中年妇女"

作为女性个体生命由盛转衰的过渡时期，中年妇女既不具备少女时代盛放的美好纯真，也没有风霜洗礼后令人心动的"备受摧残的容颜"，她们不仅是被遗忘的一群人，更在现实生活中遭到了隐晦而无情的嘲讽。"中年妇女"这个词汇的背后，常常围绕着家长里短、婆婆妈妈等近乎刻板的、污名化的想象。我们一方面轻视她们，另一方面又不可避免地时刻与她们相遇，甚至早晚都将会成为她们。小说集《中年妇女恋爱史》中，不仅是中年妇女茉莉，那些徘徊在婚姻的大门前迟迟不敢迈步的未婚女性，段锦、米露（《风中事》），美兰（《金风玉露》）。等等，也都很明显地具有一种与其年龄不相配的"成熟"的智慧，或者说，是一种瞻前顾后、患得患失的中年心态。《风中事》中的关鹏在经历了与王美琳、段锦的两段感情纠葛之后，决定放弃自己的经验主义，不再像往常那样调查女友米露的身家背景。然而一个偶然的机会，他发现米露竟在过去两年内开房 36 次，虽然如鲠在喉，却最终选择了视而不见，他似乎终于明白也不得不接受，在寒冷的现实中，最"成熟"的决定不过就是怜取眼前人。

现实生活中的中年人们，已经越来越能够理解关鹏这样略显犬儒的选择。而就在我们渐渐习惯于将中年心态与某种世故、庸俗联系在一起时，张楚却以极大的爱与耐心坚定地与他笔下的人物站在了一起，并非因为认同他们的价值观，而是源于作家在漫长的生活中积累成就的"同情之理解"。比如，讲两次艳遇故事的《金风玉露》，在张楚笔下却显出一种彻骨的悲凉。小说中的美兰在一个失落的圣诞夜"第一次跟陌生人开房，第一次将自己的身体完完全全地打开，然后，交给一个男人"，[1] 三十多岁还孤家寡人的她内心悸动翻腾，却时刻恪守着作为女性的

---

① 张楚《中年妇女恋爱史》，北京：十月文艺出版社，2018，第 47 页。

内敛自持。当夜晚结束，热情褪去，美兰的疼痛与寂寞被无情遗忘，以至于再次相遇，在对方的记忆中，她不过是一具没有名字的美好肉体。小说末了，美兰"只好望着窗外，看那此地亮起的万家灯火，在夜幕的掩映中犹如萤火虫的坟冢，恍惚着连成一片"，[①] 她始终没有勇气告诉身边还在沉睡的小潘，自己就是两年前那个夜晚的姑娘，唯有沉默地接受她作为女性被遗忘的命运。对于张楚笔下的中年妇女而言，或者对于现实生活中的大多数女性而言，这都是一段极度真实而残酷的生命历程：一旦度过了无忧无虑的少女时代之后，她们必须成为（丈夫的）妻子、成为（孩子的）母亲，进而才能成为"女人"，这一过程所伴随的是女性主体自我的不断丧失，而主体自我的匮乏，又必然让她们将所有生命的热情都寄托于他者身上。于是，在男性爱人面前，她们唯有不断地漠视自我、倾情付出。

王安忆的小说《长恨歌》中，王琦瑶的一生几乎是被几个男人所左右：如果没有遇到程先生，她就不会成为万千宠爱的"上海小姐"；如果不是李主任的出现和意外离开，她既没有机会进入另一种生活，也不会陡然陷入落魄的境地；如果不是与康明逊短暂的爱情，她便无须面对一个没有父亲的女儿和孤独的后半生；如果没有结识年轻但热爱旧时风物的"老克腊"，她大概还能享有相对平静稳妥的晚年时光……对于王琦瑶来说，对于大部分女性来说，容貌、身体是自己最重要甚至唯一的资本，一旦年华逝去，她们再也无所依靠，现实冰冷残酷的一面

---

① 张楚《中年妇女恋爱史》，北京：十月文艺出版社，2018，第 65 页。

才真正彰显出来。在凌晨两三点的上海，王琦瑶最终死于"长脚"之手。直到临终，她才知道其实在这个年轻风流的小伙子心里，她一直是"阿姨"；或许也是直到那时，她才不得不确信，那些所谓"朋友"的关怀备至，大抵都与她家里那个神秘盒子中的金货有关。小说《中年妇女恋爱史》中，以为终于获得了爱情的茉莉，却被自己一厢情愿依赖的"爱人"骗得人财两空，她的晚年光景，大抵不过是另一个王琦瑶吧。

这正是女性命运的悲哀之处，"她除了性欲没有别的武器，而这种武器不但意味着不断争斗，而且也是永远长不大的小奴隶用以猜测，用以崇拜或憎恨的不光明正大的武器。"①《直到宇宙尽头》的主人公姜欣热爱宇宙和科幻，她渴望星空般纯净深邃的生活，但藏污纳垢的现实和破裂的婚姻击碎了她的想象。尽管前夫王小塔曾经追了她五年、写过十多封血书，尽管她在王小塔开饭店缺钱时从娘家拿了30万元，姜欣依然难逃女性被抛弃的永恒宿命。从小就忍心"要么干净得一尘不染，要么从头到尾都散发着恶臭"的她，决意对王小塔展开复仇。然而对于一个在多年婚姻中被消磨了自我的女性来说，她唯一的武器只有自己并不完美的身体，她所能想到的最残忍的方法不过是更出格的身体出轨。那个曾经与她朝夕相处了多年的男人，从来没有认真聆听过她的幻想和热爱，更不曾试图走进她的灵魂。与这样让人绝望的心灵伤害相比，身体的背叛又算得了什么？于是，在她与王小塔三个铁哥们儿的床笫之欢中，她始终清醒

①［法］西蒙娜·德·波伏娃《第二性（第二卷）》，陶铁柱译，北京：中国书籍出版社，1998，第810页。

地知道，自己与他们不过是互相利用的工具。那些意欲刺伤王小塔的行为，非但没能让姜欣感受到复仇成功的快感，反而更深刻地刺伤了自己。对此时的姜欣而言，性不再是爱的自然流露，那些本应幸福缠绵的激情时刻反倒让人觉得沉重而悲凉。

在这个意义上，张楚笔下的女性与简·奥斯汀小说中那些时刻准备着将自己托付终身的少女们其实并没有什么区别。茉莉与玛丽安、欧洲与中国、19世纪与21世纪，女性的处境依旧如此相似。在与小潘的两次危险艳遇中，在对王小塔的报复行动中，美兰、姜欣身先士卒地向我们展示了两性关系中女人永恒的处境——即便是在当下，即便女性已经可以自由支配自己的身体，被动的、等待被征服、被唤醒的地位仍然无法得到改变。张楚笔下的女人们或许不够纯洁美好，甚至有时显得轻浮放荡，但这种放荡背后却蕴藏着深刻的悲哀，她们的遭遇让我们反思：如果直到今天，女性的生存资本与武器依旧只有自己单薄的身体，那么，那些身体逐渐失去魅力的中年妇女们，将如何在这残酷的现实立足，又该如何与男性、与世界相处？除了身体解放之外，女性在漫长的自我解放运动中究竟收获了什么？

"感受力"及其他

在与兄长的通信中，济慈曾提到一个著名的诗学概念"消极感受力"："莎士比亚如此多的拥有这种品质——我指的是消极感受力。一个人能够经受不安、迷惘、疑惑，而不是烦躁地务求事实和原因……对于一个大诗人来说，对美的感觉压倒了一切其他的考虑，或者更确切地说置其他一切考虑于不顾。"[①]我愿意将张楚视为那种具有"消极感受力"的作家，他的写作通常能够摈除自我和理性的干扰，在面对具体的生活和生命时，他热情而谦卑，全身心地领受自然和命运的恩赐，他是观察者、倾听者和记录者。张楚的写作很大程度上受益于此，他珍视所有人、挂怀每一刻，他的敏感、敏锐、细腻以及巨大的包容，从本质上说都来源于此。《中年妇女恋爱史》将茉莉的故事从1992 年讲到了 2013 年，在每章的最末，张楚以"大事记"的形式记录了这一年真实发生的重要历史事件，以及关于外太空的零星幻想。这种并立仿佛告诉我们，一切看似琐碎而平凡的小事，在个体生命中都具有崇高的史诗性。也正是因为这样的立场，那些人性中的卑微、凉薄、晦暗，在张楚笔下都找得到来路，从早期作品《七根孔雀羽毛》中的谋杀到《梁夏》中的诬陷，再到《直到宇宙尽头》中的身体堕落，在作家看来都不过是肉体凡胎所犯下的可怜的错误。在张楚的小说中，你永远看不到他对人物的是非评判，他深刻感知着弱小的人类被裹挟进时间洪流的无奈，对他来说，万物皆可称颂，更没有什么人、什么事是绝对不可原谅的。

这或许是多年的小城镇生活赋予张楚的写作底色，如他所说："在小城镇生活的好处在于，这里像是一个蜘蛛网，密密麻麻、经纬交错。在大街上走一段路会碰上很多熟人，这让我觉

[①] ［英］约翰·济慈：《济慈书信选》，王昕若译，天津：百花文艺出版社，2005，第 32 页。

得安全、可靠。这种安全感对我来说很重要。生活在城镇就像生活在水面之下，你身边不断游过一些浮游生物，你跟它们碰撞、接触、纠缠，然后各奔东西。"① 作为城市与农村的结合地带，小城镇最能体现当代中国社会发展中的矛盾与撕裂感，这里的人们享受着与大都市几乎同步的物质丰盈，却始终处于极度贫乏的精神世界而不自知。某种意义上说，张楚小说中坚固的现实与升腾的想象、生存的坚韧与飞扬的愿望，都与这种撕裂感有着内在联系。《水仙》与《听他说》共同构建了一个想象中的"别处"世界。《听他说》中的河神生活了六千年，管理图书馆、主持祭祀事宜，他对人间充满向往，甚至爱上了凡间的姑娘，以至于最终为之献出生命。《水仙》以凡间女子周桂花的视角展开，那个屡次帮助她的"白衫男子"其实正是《听他说》中的河神。在漫长而孤单的日子里，爱人张金旺的书信是周桂花遥远的精神慰藉，神秘的白衫男子却成了她生活中真实的陪伴和依靠。小说最后，白衫男子受伤后消失不见，张金旺从远方回来，与白衫男子亦真亦幻的相遇，最终成了周桂花梦境一般的记忆。两篇小说对照来看，张楚打通了真实与想象、现实与传奇，他用"爱"作为纽带，串联起小说中的此岸与彼岸。对于彼岸世界的想象和搭建，来自于张楚对现实世界人与事的真切感受、耐心发现，而那些关于远方的幻想，也因为最终回到此刻此时而重新获得了意义。

张楚曾多次表达过他对故人和旧时光的怀念，在《野

---

① 张楚、行超《写作是一场自我的修行》，《文艺报》2013 年 4 月 17 日。

草在歌唱》这篇带有非虚构意味的作品中，他感伤地写道："二〇〇五年的县城跟一九九五年相比，仍然没有太大改变，只是街上的豪车多了，关于二奶和小姐的消息再也引不起人们的好奇和谴责，相反，人们都开始美慕有钱人，美慕他们有更多的女人和儿子。多年后想起，那个年代正是所有美好、脆弱、柔弱的精神被摈弃的年代，赤裸裸的物质欲望、身体欲望和娱乐至死的精神正快速蛮横地侵占着每个肉体的神经末梢……"①在时光的磨砺中，张楚既是理想主义者，又是悲观主义者，他对生活同时抱有热爱和失望，一方面依旧对美好纯粹怀揣着向往，另一方面又在现实的淘洗中对当下、对未来逐渐失去了信心。

　　而对于写作者来说，这恰恰是一种"中年"的过渡与转折状态：与早期作品相比，小说集《中年妇女恋爱史》让我们看到了张楚的沉郁和悲悯。他不再过分依赖技巧、想象，而是更加信任真实的生活与同理心。但同时，这部作品也让我们看到了一个作家在他写作的"中年"时期所遭遇的问题：对于张楚这样的小说家来说，"感受力"确实是可贵的天赋与才情，但是在写作生涯的中后段，"感受力"如果没有整体性的、宏观的思辨能力作为支撑，就会逐渐显示出它的局限，甚至成为某种制约。过分沉湎于"感受力"恩赐的作家，往往越来越难以克服自身的"善良"和"软弱"，逐渐丧失从片刻的感受中抽身而出的勇气和纵览全局的能力——对于一个享有长久且稳定的创作

---

① 张楚《中年妇女恋爱史》，北京：十月文艺出版社，2018，第327-328页。

生命的作家而言，这种能力是必不可少的。我想，如何从个体感受出发抵达外物，如何从体察人心走向勘破现实，如何超越时光逝去的沧桑感、幻灭感而建立起整体的历史观，等等，这些问题对于张楚，对于所有正在走向成熟的"中年"作家来说，都是亟须面对的问题。

美的突围

——读苏沧桑散文集《纸上》

沧海桑田，"苏沧桑"这个名字，似乎天然地赋予了作家一种如影随形的独特气质：柔软的、优美的、抒情的，却自有一种生命的慨叹贯穿其中。《千眼温柔》《银杏叶的歌唱》《一个人的天堂》《风月无边》《所有的安如磐石》，这些苏沧桑此前出版的散文集名称，一次次昭示着这位江南女作家对于"美"的追求，也正是在这种追求中，苏沧桑的散文逐渐成为当下美文写作的典型代表。

如同苏沧桑所述，她的散文集《纸上》"以中华优秀传统文化为主题，以中国南方珍贵的'非遗'文化、手艺行当、风物人情为基本元素"，在书中，作家写丝绸、茶叶、戏曲，写纸、写蜜、写酒、写船娘……所写之物，都是中国传统文化的象征，因而也自带一种中国古典之美。苏沧桑的文字不疾不徐、典雅蕴藉，正如她所塑造的那个物质世界一样，"充盈着水汽和灵气"。这种文字风格与其所写之物高度契合，因而最终融汇成一个和谐统一的审美世界。

细细探究《纸上》之"美"，不难发现，书中所写事物的"美"并不仅限于它们本身的客观审美特征，更是因为其中所包含的人的主观因素，它们来源于人的精神创造，是"自然的人化"。通过人的劳动，蚕丝抽成了丝绸，毛竹变为了纸张，蜂箱中酿出了蜜，千亩茶园化作清香的嫩绿……在《纸上》一书中，苏沧桑的写作尤为重视这一层面，她耐心描摹了"美"的生产过程，她注目于创造美的过程中那些普通劳动者所倾注的巨大心血与付出。于是，我们看到，为了造出失传已久的开化纸，朱中华献出了自己全部的心力，几乎尝遍了人间所有艰难，捞纸师傅徐洪金那在纸浆水中浸泡了45年的手掌，"比白纸更白"、"老茧连着老茧"；经年累月的采茶，让祝海波的岳母、黄建春的妻子练出了"一双蝴蝶般在茶尖上飞舞的手"，"每一个指甲都被茶汁浸染成了黑色，拇指和食指中指指肚的皮很厚，指纹已经被一道道纵横交错的裂纹代替"；靠天吃饭的养蜂人，如吉普赛人般流浪天涯，步步惊心。沈建基曾经被酷暑中暴躁的蜜蜂蛰了一百多个包，险些丧命，郭靖曾被蜜蜂蛰进脖子上的一根血管，当场中毒，昏厥过去……"美"是人类与生俱来的精神向往，对于美好事物的描摹，更是一代代作家共同的追求。只是大多数时刻，在"美"的面前，我们不过是一味地欣赏、享用，并无心探究"美"的来路，更不知在"美"的背后，竟然蕴藏着如此的披肝沥胆、惊心动魄。

朱光潜先生在谈及"美的本质"时曾说："美是客观方面某些事物、性质和形态适合主观方面意识形态，可以交融在一起而成为一个完整形象的那种性质。"的确，仅供欣赏、享用的"美"是单调的、乏味的，真正的"美"必然灌注着某种让人产生共鸣的主观精神，如此，"美"才有可能恒久、才有可能富有力量。在散文集《纸上》中，作家跳出了单纯对客观"美"的欣赏，而是深入阐释其背后的主观成因。在苏沧桑笔下，比蜂蜜更甜、比清茶更香、比开化纸更珍贵的，是无数普通人的劳动之美、人性之美。《跟着戏班去流浪》一文聚焦基层越剧演员和戏班，苏沧桑"跟着"的，不是被舞台光环照亮的著名演员，而是可能一辈子都生活在光环之外的小演员，他们是越剧世界中沉默的大多数，但正是他们，聚合成为越剧的根基，也支撑着越剧更普遍的存在。文中写到的演员杨佩芳，生于绍兴一户贫寒人家，十岁不到就跟着戏班流浪，初衷不过是"吃饭不要钱，还天天有戏看"。多年之后，杨佩芳成了当红小生，然而"从那时起，一杯咖啡跟了她一辈子，胃痛跟了她一辈子，孤独也跟了她一辈子"。"文革"中，她因过度用嗓说不出话来，却因此被扣上不愿上台的罪状，不断招致批斗，甚至最终被剧团开除。杨佩芳的人生急转直下，一代名伶最终成了营业员、收电费的。在那段特殊的时期，杨佩芳见惯了人情冷暖与人性之恶，她本可以就此远离越剧、怨恨越剧，然而多年之后，独身一人的她过着清简而平静的生活，对于曾视如生命又让她遭遇命途坎坷的越剧，她似乎只是变换了爱的方式："她不听也不看越剧了，总觉得电视里不管越剧还是唱歌，都不是当年那个味道了"，而"越剧不失传，是她最大的梦想"。越剧之美，当然可以经由那些舞台上精致的妆容、华美的服装，那些反复打磨而丝丝入扣的表演展现出来，然而，在这些表演之外，还有更多的越剧以及越剧演员，他们的表演不在灯火辉煌的舞台之上，而是在路上，在田间的一座庙、一个棚里，他们是潘香、双菲、赛菊，更是杨佩芳，他们将自己的一生献给了越剧，偶尔收获认可，更多的是嘲讽、冷遇、艰难，是望不到头的默默无闻的日子。《跟着戏班去流浪》中，苏沧桑无意用文字描摹越剧作为一种民间艺术的美学特点，她更加着力于探究的，是被越剧之美所遮蔽的人们，以及他们无言甚至残酷的人生。然而，正是在这些籍籍无名的演员身上，在这种日复一日的残酷现实中，我们看到了更为坚韧、更为恒久，也更令人动容的真正的美。

中国文学的美文传统其来有自，在《中国之美文及其历史》中，梁启超提出，中国的美文传统有两大起源：一是古代歌谣、汉魏乐府等民间创作；二是《诗经》到建安之前的诗。古典文学中的韵文、诗歌尤其发展并集中体现了美文的特点。现代文学以来，以周作人为代表的一批白话文作家打破了"美文不能用白话"的迷信，开启了白话美文的先河，更以其抒情性、审美性的特征，构成了中国传统"文以载道"文学理念的补充与反叛。在当时，"美文"的出现与写作，极大推动了文学革命与白话文的发展。美文也因其优美典雅的语言特点、自我抒怀的情感追求，受到了作家、读者，尤其是历代文人的追捧。然而，伴随着中国文学的发展，一些美文作家越来越走向"为艺术而艺术"的纯文学化，甚至走入了"唯美化的偏至之途"（解志熙语）。这些作品耽于书写闲人雅致、抒发一己情怀，沉湎于身边杂事的叙述和感伤的个人告白，在这些作品中，"美"变得越来越虚浮，越来越单薄、脆弱，甚至不堪一击。在这些作品中，美成了一道枷锁，当下许多美文作家的写作源于美的追求，却又止步于美的束缚。与之相比，散文集《纸上》不仅写出了丝绸的精美、越剧的动听、茶叶的清香，更写出了"美"的反面：那些艰辛的付出、粗糙的皮肤、患病的身体、晦暗的人生，它们看起来是"不美"的，但正是这些"不美"的瞬间，才让真正的"美"有了根基，变得可触、可感，进而是可信的。也正是在这个意义上，散文集《纸上》完成了美的突围，也完成了对美文传统的一种超越。

雾中风景

——读李晁《雾中河》

小说《雾中河》（《作家》2022年第4期）从一开篇就笼罩在死亡的阴影之下：哭声、哀嚎、失踪了一整夜的男孩。尸体没有找到之前，人们心照不宣地彼此安慰、自我安慰，却早已各自在心底默认了相同的结局。因为这条河，死亡离雾水居民的生活一直是很近的。比如老五，二十年前，他的儿子遭逢了与这男孩一样的命运，尽管水性出众，最终依然难逃噩运。从此，老五深谙"宁可欺山，不可欺水"的道理，可守船的他依然拦不住一个个为了欲望向死而生的人。马老板的潜水队里，老大戚邦德带着三个广东来的潜水员，日日深入那作为禁地的大坝基坑，在与湍急水流的作战中捕鱼、赚钱。不久，潜水员小黄在这与水的作战中死去了。马老板自认"犯水"，就此退出，戚邦德成了头领，不仅吞噬了马老板的生意，还侵占了他的女人，事情败露后，戚邦德被一杆标枪刺中眼睛，同样死在水里。

李晁是湖南人，生活在贵州，却对水边的生活有如此细致的观察，小说中的种种真实，就像生活本身的自然流淌一样。一个人的出生地往往决定了他的命运，更预示着他将成为什么样的人，雾水人早就认定了自己的"水命"：命好时，他们靠水吃水，捕鱼、开店，怎么都能生活；命歹时，没有任何来由的，不知是谁、不知何时，就被老天收走了。这是生活在水边人的命运，是小说中一代代雾水人共同的生活图景。然而生活之残忍正在于，即便早已认定了这样的命运，即便类似的故事、他人的过往早让人习以为常，一旦它变成活生生的时刻砸向自身，此前所有的经验都会瞬间失效，你必须重新再活一次。小说中，在所有人的关切下，失踪男孩终于被找到，却只剩下一具冰凉残缺的尸体，当他的父亲陈老四攥紧了拳头猛砸在船上时，老五的记忆也随之复苏，他"团紧了大手，指甲嵌进肉里"。

通过老五的人生，小说串联起两重时空：一边是雾水居民的过去，也是老五一家三口曾经的和美时光，那时他们家住江北，有一间自己的饭馆，日子过得安稳扎实。另一边是儿子、妻子的相继离去，三口之家只剩下老五一个人，他迁居江南，靠守船为生，所面对的只有雾水河，只有无言和孤寂。孤家寡人的老五，一个人喝酒，一个人吃泡面，一个人面对漫无尽头的时光。偶尔，他会走到山沟里的坟地上去，对着儿子和妻子的墓胡乱说些什么，终究还是落寞地离去。成为守船人之后，老五开始与这条吞噬了儿子生命的雾水河朝夕相处，他见证着这条河的波涛起伏，也渐渐习惯了因之而来的生死离别。还有什么比时间本身更能改变一个人呢？曾经出入庖厨的老五开始相信"鱼神"的存在，没有人见过他在水里"洗澡"，他还几次劝阻潜水队员之外的人贸然下水。在时间的磨洗中，雾水河成了老五最后的陪伴，老五也成了雾水的守护者，他与这条河休戚与共，河的命成了他的命，他的命也成了河的命。

在一次与李晁的对谈中，他曾说道："'冷峻'如果作为行文风格，我想没人会不喜欢，因为它会稍少产生冗余，我们想象它是一种精炼的行文风格，与语言直接关联，而人物在其中以较少的姿态展现出一种微妙的丰富寓含（需读者细察），这是很可观的。但如果'冷峻'只是导向小说所要表现的内蕴，由它暴露出'冷漠'乃至仇恨的狭小世界观，就另当别论……如果这'冷漠'跳开了小说人物或者说正是凭借小说人物而反映作家自己内心的冷漠、萧索，乃至仇恨，那此种褊狭也是无法藏身的，我们会很容易通过小说人物和叙事看到这是作家自己的黑暗之境，而不是别的，这就遗憾了。"我想，小说《雾中河》恰恰可以代表李晁所推崇的"冷峻"却不"冷漠"的文学。小说语言简洁、冷静，不动声色。短短万余字的篇幅之内，先后死去了四个人。奇怪的是，阅读的过程并不悲伤，反而是一种平静和坦然。一如小说中雾水人对待生死的态度一样。

小说开篇写到，面对惊慌失措前来求救的人，老五"猛然翻身，去开门"，却只说了句："又是哪家小孩？要收钱的，家属去跟船老大谈。"如此危急时刻还在谈钱，老五看起来真是冷漠。不过，随着小说情节的展开，老五的人生与遭遇渐次浮现，二十年前，他曾亲历过如出一辙的情形，如今，作为守船人，水中的生死于他几乎是见怪不怪。事实上，老五非但不冷漠，甚至可以算得上善良、仁慈，他为马老板做事，尽管内心不齿他不合规矩的赚钱方式，但依旧时刻恪守着自己作为守船人的职责。马老板是老五的侄女婿，但老五只叫他"老板"，一面是时刻提醒着自己的身份，一面更是以此反抗那个令他不满、却强大到无法动摇的生意人马老板。得知马老板潜水队里的小黄因捕鱼而丧生时，老五心里很是"气馁"。他气的是自己明知马老板为了赚钱而置他人的安危于不顾，更早已预料到如此危险的行动注定会有人丧生，但他始终未曾也无力阻止，最后只能眼睁睁看着这年轻的生命离去，"老五看都没有看他，眼睛只是照着面前模糊不清的河水，这水黑漆漆的，又沥青般泛出光亮，像团恶水了。老五慢吞吞地说，人死，是大事，什么亏待不亏待"。不管见过了多少生死，老五始终笃信"人死，是大事"。他当然不是个冷血、贪财之人，二十年了，若不是这样努力地压抑着自己，让自己变得"冷漠"，老五大抵很难度过那漫长的孤寂。然而，陈老四儿子、小黄这些接踵而至的死亡瞬间，让老五那努力保持沉默的情感与神经再次触发。

至此，我们再来回顾《雾中河》的开头，甚至发现它与《局外人》那惊世骇俗的开篇——"今天，妈妈死了。也许在昨天，我搞不清"——具有相似的效果。作为一个小说人物，老五很好地体现了人性之复杂，冷漠与热情、坚硬与柔软、正直与圆滑在他身上始终交织在一起，而这种复杂性又与他所遭遇的命运的偶然性相关。在雾水，老五是一个特殊的存在，但他又不是完全孤立的，老五的一生都在面对两个问题：一是如何与雾水河相处；二是如何与自己注定孤军奋战的余生相处。他做了一辈子的雾水人，这条河、这块土地，以及生活在这里的人们，构成了老五的全部人生，他对这里的爱与对这里的恨一样根深蒂固又绵长不绝。正是这种复杂的关系与特殊的距离，让老五在某些特定的时刻，拥有似乎不合时宜的冷静。进而，小说也时时显示出一种"冷峻"的特质。但与此同时，在不动声色的叙事语言之下，潜藏着的是作家对自己笔下的人物，对老五、对雾水人所怀抱的情感，因此，这篇充斥着死亡的小说让人读来并不至"冷漠"。通过这个人物，李晁让小说《雾中河》保持了一种可贵的平衡，小说写出了偶然的事件与必然的时间对一个人的改变，更写出了在这样密布着残酷与偶然，却又绵延着温情的生活细流中，一个人是怎样努力地面对着命运中的种种改变。

美国作家舍伍德·安德森有一本著名的小说集《小城畸人》，写的是生活在俄亥俄州温士堡镇的形形色色的人们。李晁近年来的小说同样聚焦在一个虚构的小城镇——雾水。《裁缝店的女人》《小卖部之光》《花匠》《午夜电影》《澡堂男人》《集美饭店》，这些小说有一个共同的主题，即人如何与他所在的环境相处，进而如何与自身相处。如同《雾中河》的老五一样，在李晁近年的作品中，有许多类似"小城畸人"的人物。如果说他们有什么共性，我想那就是孤独。

如同安德森所说，"世上本没有真理，只有各种各样的想法。人们拿许多还不成熟的想法拼啊凑啊，造出了真理。然后真理越来越多，充满了世界的各个角落。所有的真理都很迷人"；"把人变成畸人的，正是真理。对此，老头阐释得很透彻。在他看来，这些人拿了一个真理在身边，然后只遵照着这一个真理，活了一辈子。于是乎，人成了畸人，怀抱的真理成了谬误"。李晁笔下的人物，有的只想度过平凡的一生而不得，有的困顿于过去的回忆难以自拔，还有的在枯燥的日常生活中执迷于寻找爱与热情，他们之所以如此孤独，多半也是源于对自己内心"真理/谬误"的坚守。

《花匠》的主人公因一次工作失误，从一个机修队的技术工沦为无人问津的花匠，几乎成了整个电厂中最不起眼的人。妻子跟上级公司的上司跑了，女儿正值叛逆期，逃离家庭是她最大的心愿。花匠一心想做"不以物喜不以己悲"之人，却像是被诅咒般地，先后目睹了自己的哥哥淹死、工友被砸断手指，又间接导致了一个少年的车祸。小说最后，女儿一句看似冷冰冰的"你少管点闲事"，让他"鼻子一酸"，内心颇受触动。《澡堂男人》中的老四大概就是花匠因工作失误导致受伤的那个男人，又或者，他的遭遇就像是花匠此后的人生。面对让自己心驰神往的女人，老四，这个看澡堂的老实又无能的单身汉，所能做的不过是为她放一池新水，等她洗毕离开，自己便秘密潜入那与她耳鬓厮磨过的热水。女人多是看出了老四笨拙的心思，她借口母亲患胃癌向老四借钱，老四以为这是一种托付，便甘愿奉上了自己"用来讨媳妇"的五万块钱。女人离开后，老四方才得知，被借钱的并不只他一人，女人的心思也显然不是属于他的了。老四是不是就这样被骗走了大半生的积蓄？小说并未交代。对于老四而言，女人不仅拿走了他的钱，更断绝了他对爱情仅存的期待。女人是不是骗子，还会不会回来，对于老四而言并不是最重要的问题，更为残忍的是，因为女人的离去，他再次失去了对未来的念想，又不得不重新面对独自一人的生活。

在李晃的所有小说中，"生活"是真正的主角。借用福克纳的话，"他们在苦熬"（《喧哗与骚动》），李晁所关注与书写的，正是在生活漩涡中苦熬的一个个个体。不过，正如他所崇尚的"冷峻但不冷漠"的文学，在李晁的小说中，生活和生命中无尽的"苦"，经由漫长而坚韧的"熬"，竟又总是会生长出一些"甜"。小说《裁缝店的女人》中，美周与丈夫饶维国分隔两地，许多年就这样守着儿子，度过了一个个"枯寂的白天和夜晚"。直到儿子的美术老师薛崇艺出现，为他做衣服的时光，渐渐让美周暗生情愫，也成了两人秘密关系的开端。短暂的激情之后，薛崇艺消失了，与旧时情人的重逢更让美周感到不安。小说最后，薛崇艺离开雾水，美周的裁缝店关了门。除夕之夜，饶维国驱车返乡，一声平淡无比的"夫人"，让美周忐忑又沮丧了许久的内心最终安定了下来。日本作家向田邦子在小说《隔壁女子》中讲述了一个类似的故事，女主人公幸子爱上了年轻的麻田，一日，她终于以"赴死"的决心与情人私奔，准备开启新的人生。然而，在异乡的夜晚，幸子半夜醒来时发现自己身处陌生之地，心中顿生不安，于是只身一人又回到了自己那个枯燥却早已习惯了的家。人与人的际遇并不相同，但感受却往往是可以相通的。美周的故事与幸子何其相似，两个寂寞的家庭妇女，因为无法忍受日复一日的"苦熬"，试图以越轨的行为释放内心的情感，然而，这两位出走的娜拉，却最终都选择了回归原本的生活。对于这些女性而言，回归家庭并不是妥协与退让，更是重新发现、重新生活，她们重新发现了，在那漫长而枯燥的日常中，深藏着最令人眷恋的温暖、幸福，正是这样的瞬间，让她们可以重新面对那些生命中的枯燥与琐碎。

　　"水"是小说《雾中河》中雾水人的命运之所系，是李晁"雾水系列"写作的重要线索，某种程度上，也是李晁小说美学的象征。李晁从不是一个热衷于制造激烈冲突的作家，他的小说讲述的是平凡的生命，也是日常生活的自然流淌，如同河水般缓慢、沉潜，细水长流。正是这种流水般的缓慢与绵长，代表着生命中那看似柔软，实则最为持久而坚韧的力量。与此同时，李晁的小说语言清澈、温润，却自有一种令人沉浸其中的氛围，仿若笼罩着一层氤氲的雾气。这雾中的风景，身处其中的老五们很难明确感知，对他们而言，这风景多半只是日复一日的沉重、哀伤，他们所能做的只有"苦熬"，熬着熬着，渐渐也成了这风景的一部分。然而隔着这层雾气，我们却可以发现其中的风景，发现其中的温柔、潮湿，似真似幻。我想，这层雾气既是现实与诗意的距离，也是作家李晁观察生活进而描绘生活的秘密通道。

寂静的乡村

——读傅菲散文集《元灯长歌》

　　傅菲的散文集《元灯长歌》厚重、沉实，凝聚了作者多年的心力，更彰显着作家对乡土世界的赤子情怀。从结构上看，散文集《元灯长歌》共分四辑：第一辑"江河合水"站在历史的角度，讲述郑坊与郑坊人的前世今生；第二辑"大地芳春"从自我出发，勾勒身边平凡个体的琐碎生活与命运沉浮；第三辑"万物生动"回忆那些如有神性的动物，并以它们的故事反观人类；第四辑"舞咏而归"打捞最后的手艺人，为乡土社会留存了珍贵的文化记忆。如此，作者将书中的人与事置于纵横两个坐标之内：纵是时间的坐标，这一坐标从《元灯》《大悲旦》所涉的百年历史一直延伸到目力所及的当下；横是空间的坐标，在这里，既有《似斯兰馨》《可以流多远》这样以某个人为中心的家庭与氏族，也有一村、一地，更有家国视野乃至万物生灵。傅菲试图以散文的方式搭建乡土社会的整体图景，可谓雄心勃勃。

　　于散文而言，这实在是一个堪称浩大的结构。要完成这样的构想，其实并不容易，首先要解决的是，如何将自我的记忆、想象以及个体情怀，与乡土社会的现实、历史结合在一起，在

"虚"与"实"之间寻找一个恰切的平衡点。对于以"散记"见长的散文作家来说，这是不小的挑战。在《元灯长歌》的自序中，傅菲写道："自 2005 年，我从社会学的角度，深入观察和探究枫林村，……自 2015 年始，我每年以四分之一的时间，去做田野调查。我像一个方士，独自背一个四角方包，夹一把雨伞，行走在郑坊盆地，身上沾着草屑或露水。"田野调查，便是傅菲为这次写作找到的方法。以这样的心态再次回返故乡，傅菲由一个乡土生活的参与者转变为乡土生活的观察者、研究者，这让他更加客观、理智地重新思考乡土社会的现实与问题，同时也让他的写作跳出了个体视野与一己悲欢，显得更加扎实、有力。

以田野调查为基本方法与立场，《元灯长歌》追求的不仅是文学性，也不仅是审美价值，更试图收获社会学的意义。由此而来的，是作家文风的改变。在很长一段时间里，作为一种文体的散文边界模糊，杂文、美文、小品文乃至非虚构，似乎都可以纳入其中。然而，也正是这样的模糊性和暧昧性，让散文具有极强的包容性，写作者以不同的方式推陈出新，不断突破、扩展着散文的边界。中国文学素有强大的"抒情传统"，在散文写作中，这一传统尤为根深蒂固。而散文集《元灯长歌》明显侧重叙事性，傅菲的文字沉着冷静，几乎所有篇目都是以讲故事、以塑造人物为旨归，甚至极力剔除个人的情感。这种类似"零度"的写作，在小说领域备受青睐，但是在散文中却所见甚少。"人生这条河太深、太宽，活着的人纷纷沉浮在河里，被浪劈被涛卷，呛着水。岸在哪里，无人知道。上了岸的人，是再也不下河的人，岸上的人不会说出岸在哪里。也或许，岸上人知道——人，就是一只迁徙的鸟，或者是一个浪头。"（《大悲旦》）傅菲善用短句、用实词，他似乎排斥形容词，更拒绝过度修辞，他的文字不事雕琢，却简洁有力。这些语言上的特征，让傅菲的散文独具一种铿锵的质感。在当下的散文中，情感充沛、饱满乃至泛滥的作品数不胜数，相反，这样"反抒情"的风格却不多见。以叙事代替抒情，这或许是傅菲对于散文文体的一大贡献。

当然，这并不意味着傅菲的散文缺乏情感，他的情感，恰恰蕴含在这样的铿锵与简洁之中。《环形的河流》写童年玩伴各自不同的命运轨迹，有少年丧父，不得不早早辍学谋生的相公；有全村第一个外出打工，常年漂泊海上的军权；有远嫁他乡，又被丈夫抛弃而回乡的始初；有考上名牌大学，却因创业失败重返故土的江春；有多年横行乡里，最终沉沦于毒品的陆波……正如篇末写道："饶北河从亘古而来，又奔向亘古，周而复始，生生不息。雨在呼啸，河在呼啸。村舍在暴雨中沉默，隐忍。仿佛一切都不曾发生。"乡土社会是离土地、离自然最近的地方。傅菲笔下的人物命运，具体显示着广大中国农民与土地的复杂关系，多少人试图以各种方式逃离这里，然而一旦遭遇困境，又只有故乡最能收容、安抚他们。一代代人从土地出走，又不断地有人回归，在这样典型的"出走—还乡"图式中，人的命运如同一年四季的草木荣枯，周而复始、生生不息。

"出走"是现代化发展过程中乡土社会遭遇的最大挑战，而乡土生活的现代性遭遇，也始终是自五四以来中国知识分子热衷讨论的话题。在这一问题上，傅菲既不是田园牧歌般的怀乡者，也并非决绝的现代性批判者，他更愿意做一个忠实的记录者，《骑鱼而去》《浮灯》以及《樊泥结庐》《落叶堂》《墨离师傅》《画师》等篇章，刻画了在现代化与城市化的进程中，那些曾经生活在乡土社会中的个体，他们的命运所遭受的冲击与变迁。《骑鱼而去》中，外出打工的几个年轻人，因为极度贫穷和极度空虚而决定抢劫，此事成了他们命运的转折点，望仙人、猪腿、银根三人被捕获刑，而"我"的临阵脱逃却为自己换来了此后安稳的人生。如同其中写到的，"我们都是一群没读过几年书的人，不懂法律，没有技术，生活在社会各旯角落里，像搁浅在河岸的鱼"，这些原本生活在乡土社会中的年轻人，在另一种生活的诱惑下赤手空拳地闯入城市，然而，乡土社会与现代都市在观念、价值乃至生存规则等各个方面都存在巨大差异，新的生活对他们而言更意味着挑战和危险。在傅菲笔下，这些从故土"出走"又生活在城市裂缝中的年轻人，他们的聚散离合、他们各不相同的命运，凌乱而深切地折射着转型时期乡土社会的生存现实；他们不停地挣扎，又在挣扎中一次次重生，也显示出土地般的隐忍与野草般的生命力。

对于自己笔下的人物，对于这些同胞、乡党，傅菲同样保持着理智和客观，他既歌颂他们的良善与坚韧，也并不粉饰他们的愚昧和残忍。《盆地的深度》围绕"提灯师傅"的人生展开。杨绍醒是杨家自然村的一个泥瓦师，他勤劳善良，原本颇受村人尊敬。一次外出泥灶时，杨绍醒从树上抱下一个头套麻袋吊死的人，谁知这人竟是麻风病患者，杨绍醒也因此染病。

多年之后，杨绍醒病发，丑陋的外表让他备受冷眼，连同家人一起被视作"瘟神"，遭到族人驱赶。杨绍醒不得已独自上山，从此住在无人问津的麦冬岭，成了昼伏夜出的"提灯师傅"。在这个故事中，我们看到了一种自我保护的本能，也看到了由此而来的无情与残忍。在突然的变故之下，那些曾经亲密无间的亲人，竟一朝成为仇敌，"杨绍醒看着一张一张脸，老脸是叔伯，稚脸是侄孙。叔伯都抱过他，他都抱过侄孙。他们平时都是异常亲热的人，递烟，喝酒，蹲在墙根下，谈论年收，谈论村里的女人。……他看看他小叔，他小叔也举着火把，站在杨绍醒身后。小叔是他最亲的人，是一个曾祖父延下来的血脉。……他看着小叔，小叔低下了头。他泪水，哗哗哗，直流了下来。"乡土社会以血脉氏族为远近，这种联系既稳固又脆弱。费孝通先生曾发现，中国乡土社会呈现为一种特殊的"差序格局"，它从自我出发，从己到家，由家到国，由国到天下。西方社会追求人人平等，这一观念造就了个人主义，也时刻划分着权利和义务；而中国传统思想则是由"己"出发的，所谓"克己复礼"、"君子求诸己"等，皆源于此。水波纹式的差序格局，导致乡土社会的群己界限并不分明，公与私常常是相对的。于是，我们不难理解，一旦杨绍醒患上了可能传染他人的不治之症，以"己"为中心的波纹便迅速缩小，他必定被当作"异己"而被排斥在群体之外。这个颇具悲剧色彩的故事，生动展示了乡土社会的基本结构、文化根基与精神内核，更深刻揭示了人性的复杂。

通过这样的写作，傅菲将自己重新交还给大地，交还给乡土世界。《元灯长歌》以文学的方式完成了一次饱含深情的田野调查，它不仅由表及里地展示了乡土生活的图景，更以一种出乎其外又入乎其内的态度，呈现出乡土社会的现实与问题。在这里，大地既古老又年轻，人们暗自孤独却又唇齿相依，在这里，寂静的乡村时刻孕育着新的生机。

| 第四辑 |

成长未完成

新世纪以来"80后"文学的几个转向

　　"80后"文学的崛起，几乎与新世纪的开启同步。1998年，上海《萌芽》杂志联合北京大学、复旦大学、南京大学等高校一起举办首届"新概念作文大赛"，以"新思维"、"新表达"、"真体验"为宗旨，号召写作者要用真情实感，写出具有想象力和创造性的文章。这次比赛由此成为一代"80后"写作者步入文坛的敲门砖，某种程度上，也正是这个比赛，让一批年龄相仿但文风各异的年轻人，以群体的姿态走进大众的视野。

　　时间过去了二十年。这二十年，既是中国社会经济、文化思潮、价值取向发生巨大转变的二十年，也是"80后"一代从青春期的少男少女成长为家庭支柱和社会中坚力量的二十年。"80后"一代在生理和精神上的全面成长，必然导致如今的"80后"文学与此前呈现出若干显见的变化，世纪之交那种与市场需求、商业逻辑等相纠缠的青春文学已逐渐在他们笔下消失，取而代之的，是在内容、主题、艺术手法等多方面都变得更加成熟、更加复杂的多样写作。到今天，在纯文学刊物、出版市场、网络文学等各个文学场域，"80后"作家都占有重要的位置。而这代人写作历程中所经历的变化，恰恰构成了中国文学在新世纪发展流变的一个面向。

一

张爱玲的"出名要趁早"曾一度成为"80后"作家共同的座右铭。与他们的前辈相比，这一代写作者大多经历了相对完整的人文教育，广泛的阅读和写作训练让他们较早习得了语言文字的掌控能力。新世纪以来，相对开放的社会环境和多元化选拔机制的出现，更让这些年轻人的文学"才华"享有充分的施展空间。然而，在文学的长跑中，"才华"固然可以为刚出道的写作者赢得一个不错的开局，但是，此后漫长的行进中坚持不懈的耐力与不断自省的精神，往往才是一个作家写作成就的决定因素。

2013年，《外滩画报》发起了一个"80后作家群像"的访谈，采访对象为"新概念作文大赛"出道的多位作家，如周嘉宁、张悦然、郭敬明、颜歌等。在采访中，周嘉宁回想自己刚出道的作品时说："很多不成熟的东西在不该拿出来的时候，被拿出来了。要不是很多媒体的炒作和无良书商的介入，之前很多书都是不应该被出版的。可以写，但那些东西不应该被发表。"①周嘉宁的自我反思，表现出一个文学习作者向写作者的真正转变，显示了这一代作家在精神世界中正在走向成熟。同为"新概念作文大赛"出道的"80后"作家蒋峰曾出版过一部小说集《才华是通行证》(重庆出版社，2005年出版)，如其标

---

① 《告别青春文学之后："80后作家"群像》，《外滩画报》2013年5月30日。

题所称，对于"才华"的过分渲染，一度使"80后"的写作沉迷于文字的技巧与辞藻的堆砌。如今，二十年时间倏忽过去，越来越多的作家告别了这种表层的迷恋，对于个体写作者来说，这也是从自发走向自觉，进而走向自省的基本起点。

从出道开始，周嘉宁的小说就喜欢把人物放置在某种近乎绝望的处境中，周围一片黑压压、湿漉漉、静悄悄，她写的是环境，你却分明感受到，这就是人的内心。事实上，周嘉宁小说的主人公其实都是作家自己——这是属于周嘉宁的"自我"的哲学：她的每一部作品，都是从自我出发的："我"的故事、"我"的讲述、"我"所看到以及所思考的一切。在周嘉宁的小说中，所有的叙述语调都好像出于同一个人，而这个人从始至终都是她自己。在这位作家笔下，我们似乎很难找到明确的转折或者转型，小说集《基本美》（广西师范大学出版社，2018年出版）看起来依然是写爱情、友情，依然是周嘉宁式的沉静和惘然，依然是重描述、重氛围而轻情节。但是，与早年间热衷想象一种虚幻的爱与忧伤不同，《基本美》非常真实地涉及了个体的现实经验。"80后"作家屡受诟病的"自我封闭"、"格局狭小"、"喃喃自语"等问题，在这部小说集中可以找到某种回应。周嘉宁并不是那种对琐碎的日常、宏大的历史感兴趣的作家，但她绝非漠不关心，她选择的是另一种书写方式。在她笔下，历史是一面巨大的幕布，生活在具体历史时代的人们，他们的每时每刻、一举一动，都是以这块幕布为背景的。小说《了不起的夏天》中，主人公秦与师傅在交谈中询问对方"2004年奥运会的时候你在哪里"，这恰恰代表了周嘉宁小说面对历史的方式：她关心的不是 2004 年，也不是奥运会，而是"你在哪里"，是每一个具体的个人在那个特殊的历史背景下经历了什么、改变或被改变了什么。也许在周嘉宁看来，历史最大的意义，不过是对于其中具体个人的生命的改变。

到《基本美》，我们基本理解了周嘉宁的写作哲学，即便"自我"是她写作中最重要和最明显的缺陷，她却仍然能够自圆其说，并且逐步建构一个由"自我"而逐渐向外扩张的文学世界。在这个"我"当中，不仅可以囊括"他人"，甚至是更广泛意义上的"人心"，更可以观察与定位某些社会现实、历史片段。在人人都忙着转型、跨界和突破自我的时代，周嘉宁的写作透露出一种笨拙的诚恳与真诚，"没变化"反而成了小说家周嘉宁最明确的标志。我想，对于周嘉宁这样的"80 后"写作者来说，写作与人生一样漫长，它应该沉潜、缓慢，静水流深。也正是这平静而缓慢的流逝，反而能够透露出一种特殊的坚韧。

二

如今我们回想起来，"80 后"作家的初登文坛，与其说代表了一种新的文学审美或文学思潮，不如说，这一代作家之所以能够制造所谓的"轰动"效益，是因为他们的出现反抗并试图打破既有的文学表达方式、教育制度和青年人的价值观。很难说彼时的"80 后"文学具有多少文学史的意义和价值，但是，其叛逆的精神、无畏的青春姿态，让他们的作品成为备受瞩目的一种文化现象，撼动了当时文学的生产模式和评价体系。

　　"80后"作家出现的那个时代，恰好是中国市场经济高速发展的重要时期，出版社和书商看到了这个巨大的商业契机。多方合力之下，"80后"作家及其作品在一段时间内成为市场上最畅销的书籍。所有这一切，催生了这一代作家在短时间内的自信，甚至自大、自恋，如今，二十年前那种目空一切、玩世不恭的精神，在"80后"作家笔下几乎绝迹。青春期转瞬即逝，真正牢固而长久的，是现实生活的坚不可摧。如今，早年间"80后"作家笔下那些大写的"我"变得越来越犹疑、越来越矮小，越来越举棋不定。近年来，在"80后"作家笔下，我们见到了很多"失败青年"，甫跃辉的"顾零洲"系列、郑小驴的《可悲的第一人称》、马小淘的《章某某》……这种"失败"不同于所谓的"小人物"，他们缺乏小人物在逆境中所透出的最后一丝光芒，他们的"失败"不仅在于物质生活的窘迫、现实社会的挤压，更重要的是，他们的内心消极、颓靡、迷惘，对生活失去了信心。这种转变与"80后"一代所经历的社会发展、阶层固化和生活压力倍增有关，早年那种"为赋新词强说愁"变成了眼前时刻都要面对的结结实实的现实重压，这样的重压，让他们越来越意识到自己的渺小、孱弱和无能为力，对自我的怀疑，甚至否定在一段时间内成为"80后"写作的常态。

　　孙频早期的作品压抑、残酷，甚至让人心生绝望，或许正是来自于这种普遍的社会心理。她热衷于描写那些残酷的、边缘的人生及其故事，更钟情于那些偏执的、神经质的、屈辱而卑贱的人物。然而近年来，孙频的目光逐渐离开此前那种失败与委琐、身体与欲望，转向更为日常也更为宽阔的现实，锋利的、匕首般的伤害欲以及施虐与受虐的、自我折磨的紧张感，也逐渐被一种难得的平和与宽恕所代替。小说《白貘夜行》（《十月》，2020 年 3 月刊）写几个流落多年又重逢的"中年妇女"。在小说中，与其他几位朋友不同，主人公康西琳既没有稳定的生活、幸福的家庭或者富裕的经济条件，但即便是过时的妆容、粗糙的饭菜，依然能够让她获得多数人难以企及的快乐和豁达。当几乎所有人都沉沦在现实的泥淖中时，唯有康西琳，在经历了世俗的起落磨砺之后，依然没有放弃对生活的热爱。也正是在这种热爱中，康西琳最大限度地保持着一个女性的尊严，这种尊严来源于她的内心，既不依附于他人，也不依附于外在于生命的各种现实条件。通过这个人物，年轻的女作家孙频表达了她对于女性身份的新的思考，更传递出一种与现实和解、更与不完美的自己和解的从容心态。孙频早期的写作处处"树敌"，仿佛铁了心要与世界对抗，并以此"杀"出了一条"生猛酷烈"的写作之路。到了《白貘夜行》，康西琳不再需要与任何人为敌，她只需要面对自己，这种"不反抗"本身成了这个人物最重要也是最可贵的特征。康西琳的出现或许正在暗示着，在新的现实语境之下，女性不必再与谁为敌，我们拥有的是属于自己的人生。也正是经由这样的人物，作家孙频得以从那条曾经自我设限的逼仄的小巷中走了出来，面对着的是海阔天空、风平浪静。

以孙频的写作为窗口，我们可以照见，"80后"一代的文学写作及其转变不仅与个体的成长有关，更与其所处的社会氛围、时代精神息息相关。如今，新的文学人物正在"80后"作家笔下酝酿出现，他们正在与作家一同成长。

三

"80后"批评家、学者杨庆祥曾在《80后，怎么办？》中讨论时代转型期"80后"生存的现状与困境，恰如他在其中提到的："因为意识到了个人的'失败'，并把这种'失败'放置到一个非个人的境况中去理解，最好的办法莫过于去寻找历史，在历史中找到一些确定不移的支撑点，来把个人从'失败'中拯救出来。这不仅仅是一种心理学意义上的疗愈方式，同时也似乎是中国这一深具文史传统的国度所惯常的行为方式。"① 对于历史的好奇与探索热情，一方面是"80后"一代疗救自我的手段之一，另一方面也是在生理年龄上已届中年的"80后"摆脱"无根"的困扰，寻找自我身份确认的内在需要。

"80后"一代出生、成长在中国社会面对巨大转型的时代，父辈们所确信的宏大叙事在"80后"生长的时代已经失效，个人主义开始泛滥，新的、具有同一性和整体性的话语到现在也尚未完全形成。在这样的背景下，历史感、现实感的缺失一度成为"80后"一代共同的精神特征，也是"80后"写作者在创

---

① 杨庆祥《80后，怎么办》，北京：十月文艺出版社，2015，第17页。

作中所面临的巨大焦虑。张悦然的长篇小说《茧》(人民文学出版社，2016 年出版)被视为"80 后"写作转向历史与公共领域的重要标志之一。在早期的《十爱》、《水仙已乘鲤鱼去》、《誓鸟》等作品中，张悦然小说的主人公基本上都是内心脆弱敏感的文艺青年，与他人、与外界格格不入是他们的共同特征，对于现实的不满以及被伤害的感受，是他们共同的内心写照。而在《茧》中，作者将目光从个体的内心与精神世界中抽离出来，转而看向他人，看向自己的祖辈、家族，以及绝大多数"80 后"并无太大兴趣也并不擅长面对的"大历史"。这不仅是以张悦然为代表的"80 后"作家写作视野转型的一个标志，更反映了这代人由狭窄的个体走向更广阔的社会、历史，由被动"抛入"转向主动"直面"的选择与勇气。小说中，主人公李佳栖一步步寻找真相的过程，让她和她的同代人们回溯到更早的中国历史之中，这一伴随着与想当然的历史、与确信的过去相决裂的过程，其实并不轻松，甚至需要莫大的勇气。与此同时，当他们逐渐确证历史即"怪兽"时，以李佳栖为代表的"80 后"的自我身份确认也隐约建立了起来。

另一位"80 后"女作家文珍具有典型的"文青"气质，在之前出版的三部小说集《十一味爱》《我们夜里在美术馆谈恋爱》《柒》中，文珍谈论的几乎都是与爱情、婚姻相关的情感故事。然而近年来，她的目光开始聚焦社会现实与底层生活。小说《寄居蟹》(《十月》，2020 年 3 月刊)中，第一次离家远行的女孩林雅在火车上遇到了来自 S 城的军军。那个时候，林雅眼中的军军"洋气"、绅士、见多识广，便跟着他来到 S 城郊区的五隅，想要一起打工、生活。然而日子一天天过去，林雅渐渐发现，军军懒惰、挑剔、不务正业却喜欢逞强斗狠，不仅没办法养活自己，甚至是个完全没有生活能力的、需要"寄居"方可存活的人。于是，林雅设法逃离了五隅，摆脱了军军，独自生下并抚养着当时尚在腹中的女儿饼干。小说最后，林雅在回家的路上被打工者阿水劫持，意识混乱的阿水在围观者的喧闹中失手杀掉了林雅。《寄居蟹》关注的是现实生活中女性的生存困境，如她们在重男轻女的原生家庭中所遭遇的轻视、她们在工作中受到的或隐或显的性骚扰与不平等待遇、她们作为单亲母亲时所面临的生育难题，等等，但与此同时，通过以林雅、军军为代表的底层打工者的生活，通过对其杂乱肮脏的居住环境、颓靡空虚的精神状态、得过且过的生活态度等的呈现，这个数量庞大却难以为外人所知的年轻群体的处境与问题也得以揭示出来。由此，文珍跳出此前所沉浸的一己之悲欢，拥抱着更为广泛的一代人和他们的现实处境。

新世纪之初，"80后"作家初登文坛之时，青春期的叛逆、反抗，让他们自然而然地选择了出逃现实，遑论历史。个体的爱恨、疼痛、受伤经验被无限放大，反复咀嚼，这就导致"80后"作家早期写作的内容大多是所谓的"残酷青春"，某种意义上，这样的写作几乎等同于青春期的私密日记，上文中周嘉宁所说的"可以写，但不应该被发表"大约也包含着这个层面的意义。文学当然是个体的活动，它理当面对自我、面对内心，但是，随着年龄的增长、阅历的增加，随着对总体性的生活以及现实的认识逐步深入，曾经对于"无根"的自我安之若素的

"80后"们开始反思，自我真的可以脱离历史与现实而独立存在吗？在历史的长河、现实的密林中，"我"的位置到底在哪儿？我想，这样的追问既是写作者重新出发的起点，更是一代人的成长必修课。

英雄的落败

——读索南才让的小说

索南才让曾经给我讲过他在青海的日常生活，茫茫草原上，牧民索南赶着他的上百只羊，从日出到日落，年复一年，唯有苍天绿地做伴。虽然我与他是同龄人，生活在同样的时代，甚至在鲁迅文学院的同一间教室中共享了四个月的时光，但是在我们各自的生命轨迹中，却仿佛置身两个迥然不同的世界。比如，当他告诉我，在放羊的过程中偶尔夜晚遇上野狼，我所感受到的只有惊恐以及究竟应该如何迅速逃离的焦虑，而现实世界中的索南才让，非但不可以逃避，更需要用最大的勇气与狼群对峙，进而击退野狼，保护自己身后的羊群。

我想，同样作为"80后"，我与索南才让之间的差别，一定程度上似乎可以代表存在于我们这代人之间的某种断裂。一面是安稳平静的都市生活，以及在完整的教育体系中成长并随之塑造形成的理性主义；另一面是粗粝真实的自然世界，是在活生生的现实中逐渐积累起来的经验主义。在当今"80后"作家中，前者大有人在，我们见惯了那些细腻的笔法、敏锐的感受、日臻完善的写作技巧，但同时，这些作品的"内核"却常常是空心的，凸显出的是创作者空洞孱弱的精神世界。然而索南才让不同，他几乎就是这种写作的反面，他的小说充满了粗糙的、近乎原始的力量感。我想，这或许正是源于，在索南才让的生活中，他时刻面对的是身处都市的我们不曾经历、甚至想象不到的生活现实，他的草原与我们脑海中浪漫主义的诗性想象完全不同，是结结实实的酷暑、寒风，甚至随时都会出现的生命威胁。从这个意义上看，索南才让以及他所代表的生活，本身就具有一种珍贵的"异质"性。

这种"异质"性也渗透到了索南才让的写作中。阅读他的五篇小说《德州商店》《热水商店》《塔兰的商店》《追击》《秦格巴特的阳光》，我的脑中时而想起极简主义的雷蒙德·卡佛和他标志性的怒目圆睁，时而又想起美国西部片中那些孤胆英雄以及他们身后肆虐的狂风、随时可能会响起的枪声。又或者，索南才让的小说将这两者结合在了一起。在他的小说中常常出现两类人，一类野蛮霸道、横行四处，却从未受到惩罚；另一类是活得平凡而隐忍的普通人。他们争吵、辱骂、斗殴，却永远决不出胜者，仿佛两边都陷入不同的失败。在这两者之间，常常有一种失落的英雄主义情怀在弥漫。

小说《追击》写巡山队的一次追捕盗猎行动。在这场看似正义的行动中，巡山队队员们却各自心怀鬼胎，"谁不想要好东西呢？"——有人想换一挺更好的枪、有人也想得到那珍贵的鹿角。这些"荒野里的心思"大家心知肚明，队长散布德也无力管束，但正是在欲望的驱使下，巡山队步步紧逼，却最终落入盗猎者的伏击，所有人暗藏的心思被埋葬，甚至要付出生命的代价。在这篇小说中，英雄主义的正义感与凡夫俗子的欲望、崇高与卑微、无私与自私之间的边界被消弭掉了，我们看到的是人性的复杂和欲望对人的吞噬。

作为城市化与商业化的一项标志，"商店"是索南才让小说中的地标，也是流言蜚语和一切故事的集散地。瓦尔特·本雅明曾在爱伦·坡的小说中发现了"商店"的秘密，"百货商店是闲逛者最后的去处。如果说闲逛者最初将街道看成室内，那么百货商店这个室内现在就变成了街道。现在他在商品的迷宫里漫游穿行，就像他从前在城市这个迷宫里穿行一样"。在都市文学中，"商店"既代表了现代社会、商业社会的时代背景，又是一个典型的都市人的集散地。在这里，人们相遇却彼此隔绝，一旦走出商店，又成为素不相识的孤独的个体。但是，索南才让笔下的商店却呈现出不同的特征，出现在塔兰商店、热水商店、德州商店里的人物，几乎都是乡亲、熟人。作为现代社会产物的"商店"在索南才让的小说中只是一种外在形式，他所着力描写的真正核心，依然是古典主义熟人社会中的人际关系、交往过程，以及这种社会形态在商业化现实中的变形。

与之相对应的，是索南才让小说中的人物，他们通常是城市化进程中的当代牧民。他们身上那种牧民的性格、精神内涵以及生活习惯，正在飞速发展的现代化与都市化社会中悄然改变。《塔兰商店》中的"我"和塔兰，用卖掉了自己的八十只羊所得的三千五百元买了国道边上的一间房子，开了一家商店。这一举动暗示着他们与传统游牧生活的告别，以及投身商业化大潮的尝试。然而这看似主动的转变却并没有让两人感到快乐，也丝毫没有开启新生活的兴奋，反而更多的是伤感。面对塔兰的眼泪，"我"安慰道："不要难过，等我们开商店赚了钱，再买回来更多的羊，我们养三百只母羊，一年领二百八十只羊羔。"在小说中，卖羊、开店、赚钱，不过是"我"与塔兰不得已而为之的生存选择。而在现实生活中，对于更多的当代牧民们来说，当传统的游牧生活已经在现代化社会中逐渐被边缘、甚至面临着无以为继的困境时，投身商业化的世界就成了他们被迫的谋生手段，为了生存，他们不得不服从现代化的商业逻辑，成为这茫茫沙漠中的一颗细沙。但是，就像"我"和塔兰内心深处的伤感一样，在索南才让以及很多牧民的灵魂深处，传统的游牧生活依旧是不变的精神归宿。

或许这正是索南才让和他的小说最重要的意义。他笔下的牧民正处在传统游牧生活与都市化生活的交界处，他们自觉不自觉的无奈和挣扎，深深地印刻着时代转型的烙印。他们的热烈、蓬勃、失落、不甘，他们或积极或被迫地融入，他们心中那若有若无的怀恋与感伤，都将成为这个时代不可或缺的一个注脚。

残酷的抒情诗

——丁东亚小说读札

阅读丁东亚的小说并不是一个愉悦的过程，在他笔下，优雅抒情的书面语言与残酷冰冷的叙事细节彼此纽结，构成了一种奇特的对抗与张力。在他的小说中，那些人们终其一生想要逃避、隐瞒或与之相搏斗的事物被一一呈现，无所遁形。不管是人物的内心、历史的真相还是命运的无常，丁东亚将它们构建为一个又一个黑洞，你不知道那里到底有什么在等着你，但正是在未知的诱惑下，你甘愿冒险，甚至不惜与他一起坠入绝境。

如果我们相信人性本恶，相信"原罪"的存在，那么所有文明的教导与规训、后天的习得与修炼，不过是为了与我们与生俱来的罪恶告别。可是在丁东亚笔下，原罪永恒存在，无法克服，作为渺小的个人，我们所有的努力不过是对其暂时而且徒劳的压抑。在潜意识层面，在理智无法操纵的梦境中，在某个意识松懈的转瞬之间，这些被压抑与隐藏的恶念便会袭来。《一念》中，当多多的母亲穆湘云将他留在故乡的外婆身边，恨意就已经在多多幼小的心灵中生根。同学舒敏一语道出"他没有爸爸"的秘密，恨意便开始疯狂滋长。小说最后，多多带舒敏来到无人的寺院，眼看着舒敏失足坠入深井，多多非但没有相救，反而因"一个稳妥的念头如灵光一现"——他盖上了井盖，遏制了舒敏最后一丝生的可能。我们很难说清，在舒敏的悲剧中，年幼的多多究竟扮演了怎样的角色、应该承担多少责任？多多搬起井盖的瞬间，他想的究竟是不要让大人发现他们擅闯寺院的行动，还是对那句"没有爸爸"的一场复仇？就像小说题目所称，一念之间，年幼的多多没办法清晰理智地想明白这么多，唯有依赖本能的行动。也就是在这个本能的瞬间，恶念被激发，这是属于多多这样暴戾少年的本性，或者说，这个未被规训的少年的本能行为，揭示的正是被隐藏的人的天性。

更多的时候，丁东亚选择将梦境作为揭示人的潜意识与本性的方式。他的小说中反复出现精神病患者、意识不清的人，他们既特殊又平凡，他们如同我们一样，都犯过或大或小的错误，有些甚至需要用此后的人生来偿还。因为负罪感，或者因为对这种负罪感的逃避，人们常常有意无意地掩盖或篡改自己的罪恶，而一旦这种掩盖从实际行动层面深入到意识与潜意识层面，他们便成了活在现实生活和虚幻梦境之间的人。《风行无址》中的——曾在童年时遭遇一场火灾，在那次灾难中，——得以逃脱幸存，但她非但没能救出自己睡梦中的母亲，反而将她的房门牢牢锁死。于是，"罪恶，就这样永远地寄生在了我的身体"，那葬身火海的母亲的亡魂不时以各种形式进入——的梦境，她在瑜伽、佛经中寻找片刻安宁，但它们最终都没能完成对她灵魂的救赎。神秘的黑衣女子、死去的孩子、被敲破了头的灵魂，究竟哪个是真，哪个是假？在小说中，丁东亚打破了幻想与真实的界限，让这个显而易见的世界变得复杂多义、耐人寻味。他进而不断追问，究竟是我们生活在梦中，还是梦就是生活本身？

　　与无意识的梦境相对应的，还有人的记忆。按照弗洛伊德的理论，在自我防御机制的统摄之下，"压抑"作为一种自我保护的手段，自我通过这种努力，把那些威胁着自身的东西排除在意识之外，或使这些东西不能接近意识。也正是因此，人的记忆事实上是一种主观的存在，它经过了人为的修订，成为选择性的记忆和选择性的遗忘，因而是极不可靠的。《请你将梦带出黑夜》中，"我"与乔盈都生活在亦真亦幻的记忆与想象之中："我"多年来始终将女友左岚的母亲杜伊作为暗恋的幻想对象，毫不知情的左岚，成了她母亲无辜的替代品；"艳遇"对象乔盈曾与一位钢琴师深情相爱，却因一时赌气嫁给了现任丈夫，在这段没有感情的婚姻中，她爱上了自己在梦中虚构出来的"造梦师"，甚至"想要将梦带出黑夜"，将虚构的爱人带进真实世界。小说最后，"我"与乔盈合谋杀死她的丈夫这一事实，在自我防御机制的干涉下被"我"深度压抑，甚至在"我"的记忆中被抹去。如同作者所说，"记忆，像田野刈割后的荒凉，在稻草人守望的孤夜愈发混沌不清"，被收割的记忆是如此混沌不清，与他者的谎言一样，都不值得人相信。丁东亚由此对现实世界虚伪的真实做出了有力的反驳——没有人是透明的，没有感情是纯粹的，就连个体记忆都可以在不自知的情况下被篡改，还有什么是可以信任的吗？

　　丁东亚的小说不惮于提供残酷、惊悚的生活细节，并以此作为小说的前进动力；他乐于发现那些外表看似平静、内心千疮百孔的人们，甚至亲手将他们推入绝望的境地。《人间无恙》的主人公苏琴，几乎经历了一个中年女性所能面对的所有困扰与灾难：少年时期被性侵，婚姻中的背叛与被背叛，多次流产后好不容易生下女儿，却患有严重的智力发育问题。更为不幸的是，悉心照料了多年的女儿被保姆残忍杀害，而这又与丈夫欲盖弥彰的非法活动有着隐秘的联系……小说中的苏琴将所有重新生活的勇气寄托于"再要一个孩子"，然而，如何弥合与丈夫之间的情感裂缝，如何维持这段岌岌可危的婚姻，以及如何在废墟般的生活中重新站起来，显然是比"再要一个孩子"更紧迫也更困难的事情。尽管小说最后，苏琴的丈夫告诉她"一切都会过去的"，而她也"为了尽快从痛苦中解脱，她决定从翌日开始，邀请所有的亲人和朋友来家中做客"。看起来，绝望的苏琴似乎已经准备开始一场自救行动，进而迎接新的生活。但我却并没有因此而感到温暖，这个伤痕累累的女人，这个丧失了爱的能力的人，生活真的还给她留下希望了吗？她该怎样面对一片狼藉的现实？丁东亚并非不爱他笔下的人物，但作为小说的叙事者，他显然并不相信那些表面的平静和美好，而是决心用锋利得近乎绝情的笔触戳破这些虚幻的泡沫——或许在他看来，谎言、灾难才是生活的本质，对于苏琴和她的丈夫，或者对于我们每个人来说，生活的真相不过是福克纳所说的"他们在苦熬"。

与极度残忍的情节相并行的，是丁东亚小说语言的抒情性。这一点，在他小说的题目上便可观一二：人间无恙、云落凡尘、请你将梦带出黑夜……几乎都具有抒情诗的样貌和气质，也赋予其作品一种庄正严肃的底色。与此同时，小说中的人物语言也具有相似的特点，比如，"'爱就像一服毒药。'祖母曾不止一次对她说道"（《云落凡尘》），"'她淡扫峨眉，古朴大方，优雅温婉，艳丽而不张扬，像四月里的海棠花一样。'老人丝毫无法掩饰初见我母亲时的震惊，不吝赞叹道"（《半夏生》）……可以说，人物语言与丁东亚小说语言的整体风格保持着稳定的一致性，凸显了其优雅的气质与"冷"的色调。但是，这样的语言也进一步抽离了其小说生活的质地，有时显得过于书面化。

　　需要说明的是，丁东亚的小说并不是真正意义上的"抒情"，而只是语言层面的、有限的抒情，或者说，他的小说所营造的是一种抒情的氛围，而并非以抒情为目的。其中的区别在于，抒情作品围绕作者的情绪和情感表达来展开，具有很强的主观色彩，而丁东亚的小说却缺乏叙事者自我情感与意志的彰显，甚至看不到"我"，作者冻结自己的感情，也不做判断，只是不断地深入叙事的缝隙，在语言的迷宫中穿梭，力求完整而公正地呈现故事、揭示存在。客观、冷静、从容的语言风格与立场，一方面保证了叙事者的中立态度，使丁东亚小说中所揭露的现实、人性更大程度上接近了事实与真相本身；但另一方面，放弃立场、压抑情感，也让作者在文本中逐渐丧失了主体性。

　　小说《半夏生》与《云落凡尘》可以看作丁东亚面向历史写作的姊妹篇。《半夏生》从"我"父亲的私密日记入手，揭开

和光同尘

了一段鲜为人知的家族秘史，也解构了作为学者的父亲及其所代表的家庭，进而消解了历史本身的正义性、客观性；《云落凡尘》以几位女性的生命进程为线索，勾连出历史变迁中女性不变的命运以及自毁式反抗的徒劳，所谓"云落凡尘"，即是这些云朵般纯洁的女性跌落现实世界的悲惨境遇。正如丁东亚小说的有限抒情性一样，这两部历史外壳下的小说，其实并不能算作真正的"历史题材"写作。之所以这么说，是因为在这两部作品中，作者放弃了搭建一具完整的历史框架，甚至连其中的线条都是断裂的，更没有体现出作者的历史观，说到底，这两部作品依然是丁东亚擅长使用的，以梦境、幻觉、意识流推进小说叙事的一种尝试。

近年来，关于"80后"写作缺乏历史感和整体性的批评不绝于耳，如何书写历史，已经逐渐成为"80后"一代作家普遍面对的转型焦虑。丁东亚的写作大概也多少受此影响，与大多数同代作家类似，他选择了回到父辈、祖辈的"历史"中，然而他并不似大多数人那样沉湎于过往的历史，没有随着历史的河流顺流而下，而是站在河流的两岸静静观望。在他笔下，历史仅仅是外壳，在这个外壳之下，丁东亚严守着自己所熟悉的写作领域，他要写的依旧是人性的隐秘角落，只不过，这里的人被规定为历史中的、过去的人。某种程度上，这样的写作手法进一步彰显了丁东亚作品的艺术特征，成了他小说王国中一个难以被忽略的组成部分。但是反过来，当我们面对历史而写作时，这样的态度有时又是具有相当危险性的，一旦略失掌控，所谓"历史"就会成为脱离现实的、真空的历史——在一些

"80后"作家笔下，"历史"就是以这样怪异而尴尬的形式存在着：它不以坚实可靠的生活作为支撑，而是虚构与想象中的"历史"；它甚至不具备承载意义的能力，而只是一个轻飘飘的注脚——如果我们对于历史的认识真的不过如此，那么，我们为什么要书写历史？难道只是为了回应一种题材的召唤？更进一步追问，我们究竟有没有真诚地接近过历史？所谓历史，难道真的只是那个书本上的、前辈口中的遥远存在？我想，这个问题，与我们到底应该怎样认识生活与生命的残酷，以及我们为什么要书写这样的残酷一样，值得丁东亚以及更多同代作家去思考。

丁东亚是勤勉且聪明的写作者。他的写作很好地学习与继承了20世纪80年代先锋小说的某些特征，又或者，湖北人丁东亚的血脉中多少流淌着楚文化"巫"的传统。在小说中，他注重发掘人的内心世界，反复描绘梦境和潜意识，他广泛采用暗示、隐喻、象征、联想等写作技法，以挖掘人物内心的奥秘和意识的流动……这些共同成就了今天的丁东亚，让他成了一个具有鲜明个人特色的写作者。但同时，与先锋文学在20世纪末所遭遇的困境相似，丁东亚的写作也面临着碎片化的、自我重复的问题，他一次次在自己搭建的叙事迷宫中出入，不断地进行着各式各样的形式实验、文本游戏。然而，当繁复的写作技术几乎被用尽，当反叛与解构已经接近完成，如何重建以及应该重建一个怎样的文字世界便成了更为重要的问题。

于是，我们几乎回到了那个关于"写什么"和"怎么写"的古老的话题。在丁东亚以及更多的同代写作者身上，我们看到，"怎么写"的问题已经引起了他们足够的重视，语言实验、形式探索对于熟稔先锋文学以及现代派、后现代派的"80后"一代已经不再困难。真正的困难几乎都来自于"写什么"——对于我们这代人来说，经验的匮乏几乎被认定为一种"先天不足"，于是我们干脆不再珍视那些属于自己的独特的生命经验。我们对于自己身处其间的生活总是那么漫不经心，它平凡、安静、日复一日，因而被漠视与丢弃。仿佛只有那些书本上的、前人笔下的、虚幻世界中的生活才是值得被书写与反复回味的，而真正的生活本身，正如同时间一样，在我们身边匆匆流过。

丁东亚的小说细节饱满、语言优美、结构完整，几乎可以算是技艺纯熟的艺术品。其实不唯丁东亚，在很多年轻的"80后"、"90后"作家那里，我们都看到了类似的技艺，光滑的、圆满的、看似凛冽实则乖顺的，它们具有几乎同样优质的品相，但是当你剥开这层瑰丽的外衣，看到的那个内核却常是千篇一律的。在他们笔下，不管是残酷的现实、人性的隐恶、乡村的崩溃、都市的虚伪，都已经逐渐成为一种写作的定式与惯性，真正具有异质性的作品实在凤毛麟角。我想，对于丁东亚、对于更多经历过系统阅读与训练的年轻作家来说，更紧要的不是锤炼技艺，而是放弃与忘怀这一切，将自己从他人的期待和评价中解放出来，从而回到并重新成为"自己"。也只有这样，我们才有可能真正接近那些元气淋漓的、有血有肉的人物，真正发现与感悟自己生命中独一无二的片段，从而"将梦带出黑夜"，创造出根植于现实的、可触可感可信的文学梦境。

在这个意义上，我特别希望丁东亚能写出一部不那么"完美"的小说，或者说，我更希望看到他的瑕疵与毛刺。所谓"完美"永远只属于那些冰冷的、可复制的工业化产品，一件艺术品的瑕疵才是其特征与珍贵所在；而那些文学作品中的毛刺，往往携带着作者的体温和真性情。作为丁东亚的同代人，我很期待有一天，我们这代人能真正创造一个属于自己的文字世界。那个世界或许依旧根植于前辈的教导，但更多生长出独属于我们的气息和风貌，在那个世界里，有我们的声音，我们的故事。

成长未完成

——读杨好的小说《男孩们》

在短篇小说《男孩们》中，契诃夫曾妙笔勾勒了两个青春期男孩，他们急于越过冗长的成长之路，直奔英雄主义的探险历程，却最终受困于现实，不得不老老实实地继续长大。作家杨好的长篇小说同样以《男孩们》为题，与契诃夫笔下的主人公不同，杨好笔下的男孩速为和李问，一个心甘情愿地躲进自己被戛然而止的成长期，另一个，即便多年后时过境迁，却依旧未能解决自己少年时代所遗留的精神困境。

就主题而言，杨好的《男孩们》是一部成长小说，但是，与传统成长小说不同的是，小说中两位主人公虽然同样遭遇了种种挫折，但直至小说结尾，他们都没能真正完成"成长"，那些内心的问题只是被悬置而没有被解决，因此更不可能收获成熟与完善的人生。当然，我相信，杨好的本意并不是重写一个启蒙主义意义上的成长小说，她更关注的是当下人的精神世界。通过小说中两个男孩的成长故事，作家力图揭示当代青年被遮蔽的内心隐秘与复杂微妙的当代亲子关系。在这个意义上，如果说传统的成长小说具有线性的、完满的叙事特征，那么，杨好的《男孩们》则更接近于现代生活的本质：破碎、多义、尚未完成。

在小说中，两个男孩的成长故事犹如沉默而漫无尽头的时空黑洞，一旦被吸入进去，那些隐藏在黑暗处的秘密便不断涌现。如同柏拉图著名的"洞穴寓言"所揭示，面对虚幻而美好的景观，并不是每个人都有走出洞穴的勇气。在21世纪，虚拟网络所营造的声像世界，已经逐渐成为人们日常生活中最重要的"洞穴"，小说中的男孩速为就生活在这个洞穴中，他在游戏《暗黑破坏神》中一次次战胜自己的恐惧，反反复复充当英雄；而在现实生活中，速为甚至没有勇气走出自己那个安全而黑暗的小屋，面对母亲、面对他人、面对真实的世界。小说中的速为是典型的"御宅族"，这是一个最早出现于日本的青年亚文化团体，多指沉溺、热衷或博精于动画、漫画以及电子游戏的年轻人。在当下中国，这一族群正在悄然壮大。与速为一样，"御宅族"沉迷于个人的或一个小圈子的世界中，逐渐与现实社会脱节，在人际交往、亲密关系等方面存在或多或少的困难。每个"御宅族"的出现，除了与复杂的社会现实和文化环境相关，更取决于个人的现实处境。小说中，速为的"宅"与自闭来源于破裂的家庭，更来源于他过于强势的母亲。他的母亲罗老师将自己年轻时未能实现的芭蕾舞梦想传递给儿子，对他寄予厚望的同时又拒绝真正的精神交流，于是，父亲的缺失、母亲的不恰当保护，以及舞蹈本身所带来的性别倒错之感，让速为被周遭人群视为异类，成了孤独的个体。现实世界中的速为自此停止了成长，他将自己囚禁在暗无天日的角落，仿佛一只洁白、精致却又无比脆弱的骨瓷，只有在黑暗的虚拟世界中永久静置。

　　彼得·盖伊曾在《感官的教育》深入展示了维多利亚时期布尔乔亚阶层的生活及其内心世界，他认为，"在过去的任何时代，没有任何一个阶级会比资产阶级更加处心积虑、迫不及待地关注外表、关注家庭和关注隐私；没有任何一个阶级曾经为自己构筑如此之高的防御壁垒"。《男孩们》中的速为一家是当下中国典型的中产阶级家庭，女主人罗老师像极了普鲁斯特笔下"看上去热烈但实际却无血色的巴黎女人"，她一面兢兢业业地对抗岁月，维持着自己的青春与容貌，一面费尽心思地营造着这个家庭外在的优雅和体面，在她悉心构筑的"防御堡垒"中隐藏着太多秘密。小说中写到邻居家的孩子失足坠落，罗老师"感觉自己的心脏空跳了一下"，"庆幸当时在物业停工的选项里勾选了'封顶'"——在这个堡垒里，生命的、精神的问题似乎都被轻易化解，一切都交给了物质。通过速为一家，《男孩们》准确勾勒出中产阶级的精神画像，他们在礼貌中埋藏着冷漠，看似彼此尊重，实则互不关心，人与人之间横亘着遥远而深邃的鸿沟——这种深刻的孤独感是现代都市发展的必然产物，就像波德莱尔早已发现的那样，现代都市让人们道路以目，所有人早已在不知不觉间成了"人群中的人"。

　　小说中的另一位"男孩"是李问。如果速为母子的隔阂来源于内心的疏离，那么，李问与母亲的问题则出在过分亲近。中学英语教师李老师早年丧偶，靠着自己的高度自尊和戒备，一个人艰难地带大了儿子李问。李老师的梦想是将儿子培养成一个成功的"小镇做题家"，然后鲲鹏远走，在大城市扬名立万。但资质平庸的李问只是凭借勉强的体育特长和母亲一如既往的努力，最终进入一所平庸的大学，几经挣扎，也不过是个不成功的"凤凰男"。李老师始料未及的是，这畸形的母爱早已在儿子心中演变成恨的种子，在异乡的大学校园里，终于摆脱了爱的枷锁的李问，内心的叛逆与恶也一点点地滋生出来。小说中的他不仅深陷校园纠纷，甚至险些失手杀死母亲。在逃往北京的火车上，他告诉自己："不是我，是她自己死了。"此后多年，李问改头换面，用各种假证件换取了新的身份，没有人知道，这个出入高档场所的健身顾问、英语家教竟然是一个弑母的逃亡者。

　　经由罗老师，小说中的两个"男孩"相遇了。李问在给速为做家教的同时，也成了罗老师的情人。在速为黑暗的小屋里，两个男孩迅速辨识出彼此，他们都生活在两个世界中：对速为而言，一个是暗淡的现实世界，另一个是令他燃烧的虚拟世界；对李问而言，一面是被他埋葬的过去时光，一面是眼前这个看似光鲜的自己。在小说中，作家为这两个同样具有人格缺陷的男孩找到了共同"元凶"：他们的母亲以及他们非正常的母子关系——"每个男孩的成长背后都有一堆背叛母亲的秘密，母亲不死，他们就得不到自由。"在小说中，作者将他们的母亲统称为"老师"，暗示着两位母亲在对待儿子方面相似的控制欲和占有欲，他们以爱之名囚禁着自己的孩子，最终，这爱也成了母子之间致命的毒药。

　　如果我们继续深究，又是什么原因造就了这两位失败的母亲？除了两个男孩之外，小说中的男性几乎全部面目模糊，速为父亲与他的同性爱人远走他国，李问的父亲过早离世，在儿子的成长过程中，他们都是缺席的父亲。爱人的离去与背叛，让女人不得不在成为"母亲"之外，多少还要成为"父亲"，而男孩们与生俱来的恋母情结与他们内心深藏着的俄狄浦斯情结相互纠缠，逐渐演变为一种既依恋又对抗的爱恨交加的畸形情感。小说最后，李问得知母亲并没有死，他又一次踏上了回家的火车，小说看似以此提供一种和解，但事实上，这对母子之间的问题并没有解决，李问的成长依旧未完成——"他分不清这是绝望还是狂喜，反正都是末路"，既然注定无解，那么，只将它认作宿命吧。

尽管小说《男孩们》在整体的结构设置方面，在关于母亲身份以及母子关系等问题上的认知方面尚有更加深入的空间，但是，年轻的作家杨好在小说中对于城市中产阶级、城乡差距、单亲家庭以及由此而来的心理问题等话题都有着敏锐发现。而在当下生活中、在我们身边、在无数社会新闻中，这些话题不断地以各种各样的形式出现。在这个意义上，小说《男孩们》具有一种鲜活的时代感，它映照着城市的夜晚，映照着那些霓虹灯下的孤独与晦暗。

远方及其所创造的

——读贾若萱《凤凰山下》

许多年前，林兆华曾经导演过一部话剧《三姐妹·等待戈多》，将契诃夫的《三姐妹》与贝克特的《等待戈多》拼接、融合在一起。这两部剧作相距半个世纪，一个是现实主义经典，一个是荒诞派力作，但林兆华却在其中发现了某种共通性：《三姐妹》是对过去的反复追忆，《等待戈多》是对未来的持续期许，而其中人物相似的执着、迷茫却又无意义的"等待"，则共同揭示了一种人类永恒的生存状态。话剧《三姐妹·等待戈多》首映时，因为表现手法过于"先锋"，难以被大众广泛接受，然而，"先锋"的意义或许就在于其穿越时间的魅力。今天，读贾若萱的小说《凤凰山下》，我又想起这部二十多年前的剧作，虽然创作者、创作时间、故事内容和艺术手法都大相径庭，然而两者却共享着相似的精神内核。《凤凰山下》中，我们看到，时至今日，大多数人依旧在不变的寻找与等待中度过一生。

小说《凤凰山下》分为三个部分，分别以李芳、戴月美、朱丽三位女性为主人公，也分别代表了当代女性典型的三种生活。小说第一部分，为了照顾病重的父亲，硕士毕业之后，李芳选择在小县城的一所民办大学工作，从此开始日复一日地忍受着庸常和无聊。父亲去世后，孤独的李芳只有在佛门才能获得救赎，一来二去，她成了在俗世修行的"优婆夷"。小说中，李芳这一人物形象的塑造，很大程度上是在与她的同事朱丽的对比中逐渐完成的。在工作中，李芳认真、严谨，甚至到了刻板的地步；在生活中，李芳严格奉行禁欲，不仅自己不与异性交往，也反对朱丽在男女关系上的放纵，三番五次地劝说她"约束"自己。然而欲望之所以需要"约束"，恰恰因为它是人的天性，是难以抗拒、难以逾越的。与李芳相反，朱丽年轻、自由、无拘无束，她大胆的行为、肆无忌惮的玩笑，让李芳体内沉睡已久的欲望忽然苏醒，这个在清规戒律的压抑下渐渐老去的身体，仿佛冰川融化、万物复苏，酝酿着一次生命的革新。

小说的第一部分，朱丽是李芳的一面镜子，照出了她情感的匮乏，并一步步融化了她；第二部分，朱丽又将戴月美从庸常的婚姻生活中唤醒，让她看到了女性的另一种可能。朱丽与戴月美是中学同桌，那时候戴月美风光无限，朱丽则平凡无奇。再次见面，戴月美已是多年的家庭主妇，而朱丽却考上了北京大学的研究生。在今天的朱丽面前，戴月美多少有些不甘，她后悔自己之前意外怀孕、辍学回家，于是一次次试图逃离眼前的婚姻与现实。然而，她的每次逃离都以失败告终——那隐隐作痛的乳房、丈夫与他人的暧昧以及儿子的哭闹声，都像是沉重的现实的枷锁，将她牢牢地锁在此时此地。

三个主人公中，朱丽无疑是作者着墨最多的，也是唯一一个贯穿始终并成为线索的角色。小说第三部分以朱丽为主体。

开篇，朱丽满怀希望地踏上了去往北京的火车，开启了自己新的生活。在北京三年，她如愿以偿地认识了很多人，多年的作家梦也渐渐成真。然而，陌生感与漂泊感却始终伴随着她。重新回到故乡尧溪，重新踏上自己此前的工作岗位，朱丽发现，在这个小县城，现在的自己愈发孤独，身边的故人都过上了平凡安稳的日子，连李芳也结婚生子，远嫁他乡。从北京到尧溪，真正能够在精神上陪伴她的，竟然是一个多世纪前的作家契诃夫。在契诃夫的小说中，朱丽感受到一种不会过时的动人，然而这样的感受，无论是在北京还是在尧溪，她始终没能找到一个人与之分享。

小说最后，朱丽独自登上凤凰山——那里有李芳反复拜访的寺庙，供奉着她的精神信仰；那里是戴月美想象中可以逃离现实的目的地，埋藏着一段再也无法开启的新奇旅程——而对于此刻的朱丽而言，凤凰山更是她迷茫与无助时的乌托邦。她坐在堂内，听着嗡嗡的木鱼声，思考着："究竟什么才是有意义的，究竟什么才是真正的生活呢？此刻她没有答案。她只是静静坐在这里，等着时间远去。"《凤凰山下》讲述了三个女人的"生活在别处"的故事，小说中的凤凰山是一个具有隐喻意义的地点，它代表着远方，也代表着远方所创造的希望与未知。凤凰山的诱惑时刻引领她们突破当下的现实，去寻找另一种生活、另一个自我。

小说《凤凰山下》的开篇引用了契诃夫《万尼亚舅舅》的经典台词："我们，万尼亚舅舅，要活下去。我们要度过许许多多漫长的白昼，许许多多漫长的夜晚；我们要耐心地忍受命运带给我们的考验；我们要为别人劳动，不论是现在还是到了老年，都不得休息；等我们的时辰来到，我们就会温顺地死掉，到了那边，在坟墓里，我们会说我们受过苦，我们哭过，我们尝尽了辛酸；上帝就会怜悯我们，我和你，舅舅，亲爱的舅舅，就会看见光明、美好、优雅的生活，我们就会高兴，就会带着温情，带着笑容回顾我们现在的不幸，那时候我们就可以休息了。"万尼亚舅舅毕生怀着一种坚韧而朴素的"生"的观念，他相信人在经历了劳动、付出乃至苦难之后，面对必然的死亡宿命时方可坦然。小说《凤凰山下》应该可以视为作者贾若萱对她所钟爱的作家契诃夫的致敬，或者希望构成某种穿越时空的对话。在小说中，贾若萱试炼着自己笔下的人物，让她们经历着万尼亚舅舅一般的命运的考验，试图找到一条走向澄澈与光明的道路。

不过，正如《三姐妹》中，三位主人公始终满怀期待地念叨着"到莫斯科去"，却始终没有离开外省、去往莫斯科一样，《凤凰山下》中的三位女性，虽然都多少对自己的现状不满，认为奔向远方才有可能抵达梦想的生活，然而她们几乎殊途同归地，最终都回到了自己原有的生活轨道。小说中的李芳和戴月美代表了众多被传统道德和传统价值所规训的女性，她们或受困于自我或被缚于婚姻，年轻的朱丽则实践着她们所渴望的自由，身体的、精神的、行动上的，然而最后，朱丽却毅然选择了重回故乡。朱丽的出走与回归，在某种意义上回答了"娜拉走后怎样"的问题，关于这个问题，鲁迅先生早在一百年前就有预言：不是堕落，就是回来。如今，出走的朱丽照例回来了，但她似乎没有挣扎出万尼亚舅舅的"光明、美好、优雅"，小说结尾，我们与她一样担心，回来之后怎么办？

作为一位尚不满30岁的写作者，贾若萱的写作不仅走出了青春叙事，更努力思考着生活的意义、内心的困境，这些对一位年轻的作家来说，都是非常难得的。《凤凰山下》中困扰几位女性的难题，或许也是正在困扰贾若萱的难题。小说对女性生存现实、对性别身份的观察和自觉，都显示出超越其年龄的成熟。不过，可能是囿于经历的限制，作家在小说细节的取舍，尤其是对人物的挖掘上稍显不足。比如，小说的第二部分、第三部分，致力于学习和写作的朱丽与第一部分游戏人生的朱丽之间缺乏必要的铺垫和过渡，因而略显断裂。此外，小说的第三部分，大概是加入了过多作者自己在写作过程中的经历和感受，反而冲淡了朱丽这个人物本身的意义，对其内心世界的挖掘或许还可以更深入，人物的面目也会更清晰。不过，我相信，写作是时间的馈赠，在经历过万尼亚舅舅那样"许许多多漫长的白昼，许许多多漫长的夜晚"之后，贾若萱与她笔下的人物都一定会找到自己的答案。

"断腕"与"漫游"

——关于《青年文学》"新作家专号"的一点观察

之所以选择"断腕"这个有些残酷的关键词作为篇名，来自于本期"新作家专号"(《青年文学》，2023年1月刊)中的两篇小说。张春莹的中篇小说《鹏鸟》和梁豪的短篇小说《大阳摩托开在糖厂的路上》中都出现了类似"断腕"的情节：在《鹏鸟》中，主人公鹏背井离乡前去深圳打工，在一次日常操作的疏忽中，鹏被冲压机切掉了左手的无名指和小指；《大阳摩托开在糖厂的路上》中，主人公阿军目睹了工友小郭整个人被卷进抄纸机的滚筒里，伤及手筋的她从此整条右臂失去知觉。这两次小说中的"意外"，看似只是情节的巧合，但是降临在两个年轻人身上，经由两位"90后"作家的书写，其背后多少透露着一种象征的意味。

如同小说《鹏鸟》所展示的，出生在水乡小村庄的少年鹏时刻向往着外面的世界，但是在切身遭遇了现代都市的冷漠与现代化生产的残酷之后，鹏不得不在母亲的陪伴下重回故乡。与深圳相比，这里的生活简单、稳定，虽略显乏味却充满了温情脉脉的安全感。工厂车间里的那次不幸遭遇成为鹏的命运转折点，他从此告别了此前心心念念的大城市，也告别了对一种遥远的、不切实际的生活的想象。回到故乡虽然不能解决此时身体残缺的鹏所面临的现实问题，但是在这样的时刻，母亲、故乡、亲友的接纳已经弥足珍贵，他们的耐心与宽容一点点安慰着鹏内心的伤痛。与此同时，对于一位年轻的写作者来说，小说主人公的"断指"就如同写作的"断腕"，意味着作家与过去的自己告别，也意味着自我的重新确认、再次成长——像所有青春期的结束一样，写作者的"断腕"多少伴随着疼痛，但却是一个作家自省、抉择，乃至真正走向成熟的必经之路。

转折不是一蹴而就的，就如同《鹏鸟》中主人公命运的改变也不是从天而降，而是被切切实实的现实经验所打磨出来的。许多青年写作者通常要在转型到来之前，经历一个漫长的"漫游时代"。本期"新作家专号"的多部作品中，年轻的作家们似乎正在经历这样珍贵而异常重要的时刻。《大阳摩托开在糖厂的路上》中，阿军载着老同学小霞在小镇街头兜风的场景，正是"漫游"的一种体现。与鹏的命运走向有所不同，阿军在目睹了小郭的惨剧之后，依然不得不继续着过去的生活。许多作家在青年时期都书写过类似这样日复一日、漫无目的的状态，从20世纪90年代的"新状态文学"到近年来不少作家笔下的"失败青年"，都是这种特定情绪在不同时代语境中的表达。这或许也代表着一种更广泛意义上的青年人的心理症结：在一个急速发展的、不稳定的现实中，如何找到自己的安身立命之所，如何释放自己的焦虑、明确生活的意义，一直是困扰着一代代年轻人的关键问题。《大阳摩托开在糖厂的路上》中飞驰在街道上的两个年轻人，"他们只剩下速度，他们暂时放下了一些静止的和无可挽回的东西。他们毫无疑问将会怀念这个跟以往都稍微偏离的晚上"。与小霞的相遇，成为阿军庸常生活中的一次意外，这个意外可能改变什么或者究竟指向什么，其实都并不明晰。在这里，作家或许与他笔下的人物一样处于混沌之中，小说释放的是一种细节感知力，透过这样"稍微偏离"的氛围，青春期那种难以名状却总是耐人寻味的情愫呼之欲出。

厂刀的《福寿》与北缺的《浮游》同样是两篇关于"漫游"的小说。《浮游》仿若一场少年的梦境，小说中的"我"就像是卡夫卡笔下的K，眼看城堡就在眼前，却始终不得其门而入；又或者像是一出当代版的《等待戈多》，似乎在期待什么，却始终只是流浪。《福寿》处理的是死亡这一文学长廊中恒久而深邃的话题，在这里，年轻的作家选择了将现实、幻想、梦境等熔为一炉，借助略显奇诡的送葬场景，完成了一次特殊的告别。小说中的"我"分裂为两人：一个是置身事外的旁观者和叙事者，另一个是正在经历别离的孝子，这样双重视角的交错纠缠；一方面，凸显了葬礼这一极端环境所包含的荒谬感、疏离感和不真实感，折射出主人公内心的撕裂；另一方面，作家没有将失去至亲的痛苦疏解为一种简单而表层的离愁别绪，而是借助意识流的手法，将这一平面化的情绪进行了立体的挖掘和拆解，最终将死亡还原为驳杂、矛盾而丰盈的特殊场景——这是一个作家文学才华的极好体现，更是一个年轻人最真诚的告别。在这两篇小说中，主人公的行旅正是他们精神"漫游"的过程，经由这种方式，他们在各自的意识领域追寻着远方、奔赴着目的地，而对于两位年轻的作家来说，写作中的"漫游"更是他们寻找精神归宿的重要途径。

此外，"新作家专号"中的其他几篇作品：李昂的《鲨鱼人》、王忆的《课桌上的星巴克》、宿颖的《济南的冬天》、梁静雯的《默》，从小说主题和整体风格上看，都更接近于现实主义的创作。这些小说有的刻画青春期的亲情、友情，有的传达了一种暧昧又克制的情愫，有的书写一次人生偶遇及其所带来的改变……这些作者的年龄全部都在35岁以下，最小的已经接近"00后"，大概只是大学刚刚毕业的年纪。他们笔下那种飞扬的想象力、敏锐的感知力与独具才情的表达方式，都给人留下了深刻印象。与此前的"80后"作家相比，如今的"90后"、"95后"写作者，他们的创作更难用一种或者几种主题、特征去进行概括，换言之，他们的写作呈现出更为分散的、多元的，但却无疑是更加强烈的个性化特征。与此同时，对于现实生活的发现略显表面、作品所要表达的核心意义不够明确等，或许是他们写作共通的问题——当然，以这样的要求去苛责这些刚刚步入社会的年轻写作者，显然是不公平的。我想，对于当下的他们来说，在写作中自由地"漫游"，或许已经是所能抵达的最好的状态。

| 第五辑 |

幻想，或未来

小说的光韵

一

在小说《音乐家》中，陈春成写到一种具有特殊能力的"联觉人"，他们"视、听、嗅、触、味觉相互连通，触此即彼"。这种敏锐的通感力，让小说中的"联觉人"在听到某种声音时，脑海中自然出现具体的画面，或者闻到特定的味道、产生特殊的知觉。据说现实生活中确实有很少量的"联觉人"存在，"联觉"的能力与程度也不尽相同。我想，在文学的世界中，小说家陈春成就是不断修炼这种能力的人。

在陈春成的小说中，"联觉"首先指向的是想象力。《夜晚的潜水艇》是作家的一种自况，主人公陈透纳有着超乎寻常的想象力，从小就会由寻常事物生发特殊的感受。有一天，他在幻想中造出了一艘"真实"的潜水艇。每当夜晚来临，少年陈透纳坐在自己的书桌前，开始他美妙绝伦的海底探险。陈透纳的想象力具有明显的"联觉"特征：因为看了莫奈的《睡莲》，他仿佛闻到淡淡幽香；美术课本上的山水画，让他多日置身其中……对陈透纳来说，幻想世界不是虚无的，而是真实存在的另一层空间，或者可以说，陈透纳是生活在现实世界与幻想世界交界处的人。经由作家的想象，博尔赫斯的硬币、澳洲富商的阿莱夫号、陈透纳的夜晚潜水艇，以及2166年那块冲上沙滩的金属疙瘩，这些亦真亦幻的意象彼此勾连，世界的边界因此打破，趋向于无限。

《夜晚的潜水艇》中，陈春成极大地张扬了一个作家对于想象力本身的信仰。对他而言，想象中的世界是另一种真切、实在，它可能由人的意志创造出来，却最终成为并不依附于人的意志而存在的"异度空间"，"当幻想足够逼真，也就成了另一种现实"，"我想象我的想象力脱离了我，于是它真的就脱离了我"。同样是通过"想象"，小说《音乐家》走进1957年的苏联，"联觉人"古廖夫在政治高压下不得不隐藏自己的音乐才华，但潜意识领域难以割舍的音乐梦想，让他在想象中将自己投射于曾经的同窗穆辛，最终，真实的古廖夫与想象中的穆辛合而为一，在意识领域完成了一次绝妙的合奏。在小说中，作家一边用文字编织着梦境，一边借此一步步逼近那个他深信不疑的奇妙空间。陈春成并不讳言自己对博尔赫斯的崇拜，在小说《夜晚的潜水艇》开头，他也以一种巧妙的想象致敬了自己的文学偶像。此外，《裁云记》《传彩笔》等，都明显受到以博尔赫斯、卡尔维诺等为代表的20世纪幻想小说的影响。应该说，想象力及其独特的铺陈方式，是陈春成写作的基石，也是其作品在当下文学现场具有高辨识度的原因之一。

需要说明的是，陈春成的想象力并不是一般意义上的虚构，他从不着意讲述一个惊心动魄、跌宕起伏的故事，而更倾心于想象一种意境或一个意象。这个意境／意象既是他小说的底子，也是他小说的线索。《竹峰寺》中的钥匙、《红楼梦弥撒》中的酒杯、《传彩笔》中的笔、《裁云记》中的云彩、《酿酒师》中的酒、《尺波》中的剑、《李茵的湖》中似曾相识的园景……在小说中，这些日常生活中的寻常之物被作家赋予了奇幻的色彩，现实世界与想象世界的界限随之消失，及至"假作真时真亦假"的浑融境界。经由这些意象的不断变形，串联出小说的故事、情节，进而承载着那个耽于幻想的作家对世界的观察。正是这种独特的"讲故事"方式，让陈春成作品中探讨的那些并不新鲜的问题——比如记忆、梦境与真实之间的关联，比如写作的意义，比如如何面对知识的瀚海，等等——具有了崭新的美学价值。

二

以这样惯常的文学评论方式去裁定陈春成的小说，实在是索然无味的。事实上，陈春成小说的迷人之处，恰恰是其中无法被概念化、标准化，甚至是难以被语言传递的部分，比如其小说的氛围、语感、意境，等等。显然，这些要素大多是"反对阐释"的，只有真正身临其境，方知其美与好。瓦尔特·本雅明在谈及古典艺术与现代艺术的区别时，曾提出"光韵"（Aura）这一美学概念。他认为，光韵是"对某个远方的独一无二的显现"，是"非意愿回忆中会聚在感知对象周围的联想"，他以绘画（古典艺术）与摄影（现代艺术）为例，进一步指出现代性的生产方式使艺术品的"光韵"消逝，进而失去了其"本真性"。我们常常对当下的中国文学感到不满，某种意义上，就是由于许多作品正在逐渐沦为机械复制时代的产物，它们千篇一律、陈词滥调，缺乏自身的"光韵"，几乎不具备作为艺术品的基本质素。而在阅读陈春成小说的过程中，我时常感受到那种久违的、独属于其自身的"光韵"。

小说《竹峰寺》的笔触含蓄克制，具有明显的古典美学精神气质。在城市工作的"我"回到故乡，本想寻求一种安稳，却发现这个小县城也在经历着剧变，"生活的隐秘支点，如今一一失去了，我不免有种无所依凭之感"。于是，"我"带着已被拆迁的老屋的钥匙前往山林中的竹峰寺，希图以此缓释自己内心的烦闷。始建于北宋的竹峰寺见证了历史变迁与人心起伏，最具传奇色彩的是这里的蛱蝶碑。在时代的颠沛流离中，为了保护蛱蝶碑，僧人将其藏于寺内某处，渐渐地，没有人知道这块碑究竟在哪儿，除了守口如瓶的慧灯师父。小说最后，一心想着藏钥匙的"我"顿悟了石碑的秘密，原来竹峰寺边上的小桥竟是用蛱蝶碑搭成的，"我"随即将钥匙藏在了石碑和桥墩的缝隙里。

经过在竹峰寺"藏"钥匙、"找"石碑，小说中的"我"也逐渐"藏"起了自己的消极情绪，"找"到了内心的平静，最终获得了重下下山、重新面对现实的勇气。对"我"来说，被藏好的钥匙成为一种心灵寄托，"只要我不去动它，它就会千秋万载地藏在这碑边，直到天地崩塌，谁也找不到它。这是确定无疑的事情。确定无疑的事情有那么一两桩，也就足以抵御世间的种种无常了"。在小说中，"我"所逃避的城市生活及其"无常"是现代性的显著特征，而竹峰寺则指向"确定无疑"的古典主义与前现代生活。在这个意义上，逃往竹峰寺这一行动成为一种典型的怀旧，是现代性社会对于古典主义与古典美学的怀想。也是在这个意义上，陈春成的小说与本雅明所说的"光韵"相遇，而最终，作为一个现代生活中的人，"我"必须下山。恰如现代性是不可逆转的，直面"世间的种种无常"既是"我"的命运，更是我们每个人的命运。

小说中弘一法师对陈元常碑文的评价——"有佛性，有母性，亦有诗性"——恰恰也概括了这篇小说的特征。《竹峰寺》中，陈春成构建了一个澄明而洁净的空间，他用古典主义的稳定性对抗着现代生活的漂泊感，用佛门的"空"消解了世俗的驳杂。小说写到黄昏转入黑夜的时候，"我"坐在竹峰寺门外的台阶上，"有一种消沉的力量，一种广大的消沉，在黄昏时来。在那个时刻，事物的意义在飘散。在一点一点黑下来的天空中，什么都显得无关紧要。你先是有点慌，然后释然，然后你就不存在了"。陈春成用极为洗练的语言，勾勒出一个人与自然的永恒瞬间，如同黄昏时刻的每一秒都是不同的，这个瞬间如此迷人，却又是绝对不可复制的。在小说《音乐家》最后，也有类似的场景："乐章已尽尾声，一个晦暗的变奏中，雪落得极慢极慢，冷杉的枝梢似乎凝结在空气中，没有一丝摇颤。木屋的灯光熄灭了。一片沉寂。穆辛身旁的乐手们都已消散，他也变得近乎透明，向古廖夫飘去，与他合而为一了。"这样让人仿若身临其境，却又永不能真正抵达的"远方"，恰似古典时代的艺术与大众、与现实之间的距离。我相信，也是在这些瞬间，"光韵"正笼罩着这部作为艺术品的小说。

三

是不是要将陈春成的写作放在"90后"作家的框架内去讨论，这让我感到犹豫。陈春成的写作如此独特，显然不能被简单的代际划分所涵盖，而他小说中的古典气韵、纯粹的美学追求，也并非这一代写作者的集体特征。不过，如果我们细细探究他小说背后的精神来源，以及其面对世界的态度，又可以明显看到他与前辈作家的区别，这种区别所显示的，正是新一代作家的特有风貌。

上文说到，《竹峰寺》具有"佛性"，这也是陈春成小说的重要美学特征。这里所说的"佛"并不是严格意义上的佛教思想，而是更多指向大众文化领域中去欲望化的、"佛系"的人生态度——这是弥漫在 20 世纪 90 年代之后出生的中国年轻人中的集体情绪。在他们所生活的时代，中国社会正在面对着阶层固化的现实，"70后"、"80后"那种"奋斗改变人生"的朴素信条在"90后"心中几近失效，几乎是被迫地，他们转而沉浸于一种无欲无求、不悲不喜的生活，而对于消极本身，他们却是甘之如饴的。于是，我们看到，《夜晚的潜水艇》中，陈透纳向往着一种远离世俗的生活；《竹峰寺》中，"我"因现实的变动而沮丧，在黄昏消逝时分感到"一种广大的消沉"；《传彩笔》最后宣称"真正伟大的文字都存放在我们目光无法触及的地方，古往今来都如此"……在文学创作中，新一代作家也不再追求生猛酷烈、语不惊人死不休，如同陈春成的小说所显示的，散淡典雅、含蓄蕴藉的语言与云淡风轻的艺术风格，重新受到这代人的追捧。

不少评论者曾对"90后"一代写作中历史感、现实感的缺失提出了批评，陈春成的写作同样面对着这样的质疑。这些批评的声音基本都来自"90后"的长辈，而在不同的场合，我曾数次听到"90后"对这一观点的反驳。事实上，批评者所期待的小说中的历史感、现实感，大多倾向于传统"正面强攻"式的呈现方式，而"90后"，甚至一部分"80后"作者在面对历史与现实的问题时，采取的是全然不同的另一种路径、另一种态度，他们并非漠视历史与现实，而是更关心其中"个体"的命运与内心。在他们笔下，历史、现实是一块幕布，是作为生活其间的个体生命的背景而产生意义的，这些鲜活的个体生命才是他们小说的永恒主角，也唯有主角登场，幕布才能发挥作用。《音乐家》的故事发生在20世纪中期的苏联，因为特殊的政治环境，音乐家们只能在想象中进行演奏。在小说中，陈春成并不意图描述那段特殊的历史，但是，主人公古廖夫因"联觉"能力而被征用为音乐审查官的种种遭遇，以及他不得已而隐藏自己的音乐才华，最后只能在幻想中进行演奏，等等，这些围绕人物命运而展开的小说细节，恰恰折射出当时苏联社会的历史与现实。如果剥离作家所设置的特定时代与历史背景，这个小说的故事和人物都是难以成立的。《竹峰寺》中写到僧人们藏匿石碑的举动，也与当时的历史背景息息相关，"在我们看来，知道那场浩劫只有十年，忍忍就过去了。在他们，也许觉得会是永远，眼下种种疯狂将成为常态"。看似简单的一笔，却透露出作者回到历史现场的反思精神。对于以陈春成为代表的新一代写作者而言，让宏大的历史与具体的个人重新血肉相连，既是他们看取历史的基本立场，也是他们天然的美学追求。

小说家陈春成应该是对新鲜以及新奇事物情有独钟的人。《音乐家》中对"联觉人"的细致描摹便是例证。此外，《红楼梦弥撒》虽然将故事设定在4876年，但如同小说"后记"部分所说，陈春成无意将其写成一个科幻故事，而是借由这种想象的方式，将古老的宿命论问题放置于一个"玄学上的而非科学上的宇宙模型"中加以讨论。主人公陈玄石出生在1980年，他的记忆，是已经遗失的《红楼梦》被复述、进而重新浮出水面的关键。小说中的陈玄石是一个有限时空内类似"拉奥普拉斯妖"的人物，如果我们以当下时间为基点，那么，陈玄石如此漫长的生命，就让他成为一个亲眼见证了世界的过去、现在甚至是未来的人。经由这一人物的讲述，陈春成努力探寻着意识的局限和宇宙的无边。"拉普拉斯妖"是物理学概念，《红楼梦》是中国古典名著，在作家笔下，现代物理与古典艺术之间发生了奇妙的化学反应。作为一位作家，陈春成的知识背景显然是驳杂的，中外文学、古典音乐甚至现代物理知识，他都能够艺术地纳入其中——这应该是新一代作家所特有的能力与趣味。这些出生于20世纪八九十年代之后的年轻人普遍接受过完整的人文教育，其视野不仅局限于文学本身，更有社会学、历史学、多门类艺术甚至理工科的背景或兴趣爱好作为支撑。同时，互联网时代让知识的获取更加便捷，在这样的环境中，那些对未知充满好奇的年轻人们，更有可能在其写作中收获新的可能性。

以陈春成的写作为一个侧面，我们可以发现，在新一代作家笔下，一种并不激烈却确乎存在着的变革正在悄然发生。此前，中国作家的兴趣大多在于"过去"与"现在"，他们不断地在历史长河中寻找自己的位置，或是以虚构的方式阐释历史与现实的问题；而新一代写作者几乎是天然地舍弃了这种执念，历史、现实只是他们脑海中、生活中的很小一部分，甚至连探讨"人"本身也不一定是他们最主要的文学追求。他们更感兴趣的是未来与未知，是现实之外的幻想世界，是地球之外的宇宙空间，是一切新奇而未被充分挖掘的领域。如果说，此前的中国作家习惯于将一切问题、所有思想诉诸于历史，那么，如今的年轻作家则更愿意将这些寄托于未来。从这个层面来说，他们是真正意义上"面向未来"的写作——这不仅是文学观念的变革，更是人生观、世界观的变革。

沈大成："清爽"地造梦

一

　　第一次读沈大成，是她的小说《盒人小姐》。这个最初发表于 2018 年的短篇小说，在 2020 年被读者重新打捞。小说写的是一个病毒蔓延多年的疫区，人们努力忍受并防御着逐渐常态化的生活——那么你一定懂了，这个小说时隔几年再度"翻红"的原因。

　　作家并不是预言家，但好的小说常常具有寓言的特质。在今天，我们依然可以见到伊丽莎白和达西，依然可以感受包法利夫人曾经的挣扎，甚至越来越陷入《1984》与《美丽新世界》所描绘的现实，简·奥斯汀、福楼拜或者乔治·奥威尔、赫胥黎，他们并不能预见百年之后的人类命运，更无法穿越时空，生活在我们身边，但是，他们早已提前写下了我们今天的生活。这不过是因为，作家在自己所处的有限时空中，洞悉了那些具有本质意义的问题——欲望、情感、人性，它们如此顽固，几乎不会随着时间的推移或空间的迁徙而出现变化。所以，好的小说对于当下与未来同样有效。在这个意义上，作家成了预言家，《盒人小姐》与我们当下生活的种种对应，也并不仅仅是巧合。

当然，我相信，沈大成在写作这篇小说时，并不是以预见未来为目的的。《盒人小姐》中，女孩把自己植入到昂贵的透明盒子里生活，成了"盒人"，而男主人公"我"却只是个不得不继续对抗病毒的普通人。在这篇小说中，沈大成写的是爱情，她将爱情置于一种极端情况下，让这本已脆弱的爱情经历着种种外部的考验。进而，小说所写的又不止是爱情，更是爱情所折射出的人情与人性。小说最后，男青年放弃了自己爱慕的"盒人小姐"，因为他终于明白，"假如喷消毒水、抽血验血、湿空气全能忍受，不能忍受的是什么？青年想，是差别"。

通常来说，寓言的目的是输出观点，而观点本身常常是刻板、枯燥的，就像是一具干巴巴的骨架，坚硬、冰冷，甚至可怖。要将寓言编织成为真正的文学，需要为其输入血液，让它长出皮肤和筋骨，让它充满生气。沈大成小说中大量密实的细节、细微而贴切的情绪，让她的小说充满了这样的血液。詹姆斯·伍德在谈到小说细节时认为，细节的真实性来源于它的"特此性"，"所谓'特此性'，我指的是那些细节能把抽象的东西引向自身，并且用一种触手可及的感觉消除了抽象，把我们的注意力集中到它本身的具体情况"。[1] 沈大成的小说之所以极其虚幻又极其真实，正是因为其中充满了这样的"特此

---

[1] ［英］詹姆斯·伍德《小说机杼》，黄远帆译，郑州：河南大学出版社，2018，第48页。

性"。《盒人小姐》搭建了一个想象中的虚拟世界，我们之所以
将其指认为现实的寓言，是因为它向我们提供了种种细节的真
实，让我们感到身在其中："到处都安装着自动设备，监测人群
密度，计算喷洒频率，以保证药水有效地沾到人们身上"，"人
们一天之中要被针扎好几回，被扎时，有另一个电子声音会提
示说：'验血，请不要动。'小针和针筒从墙壁、桌子、椅子、
树干或任何地方突然冒出来，神秘消失时带走采集到的一小管
血"……我们没有去过小说中的疫区，但是，透过那些现实生
活中并不陌生的检测器、针筒、电子声音，沈大成将她笔下的
虚拟世界描绘得可触可感，无限趋向于实体。除此之外，这篇
小说中更多的真实感，则来源于人物情绪的传递。当男孩看到
自己所爱慕的女孩成了高自己一等的"盒人"时，"他一定是
没把表情控制好，也管理不了身体，他向左边和右边分别转身，
仿佛旁边站着一些智慧的朋友可以解答疑问，最后他终于转回
去面对焕然一新的'盒人小姐'，结结巴巴地问她：'你怎么，你
为什么？'"接着，男孩重新整理好自己的情绪，尝试再度接近
女孩，"为了寻找一个合适的地方陪伴她走路，与她交换了几次
位置，左边，右边，左边，在那过程中，盒子锋利的四条棱像
刀刃似的切割了他好几次，身上很疼，但他说着'对不起'，努
力不表现出疼来"。即便隔着书本，我们也不难体会男孩的失
落，从天而降的距离感、爱情中的"意外"、"阶级"的差别，
不需要生活在小说中，也不需要变成"盒人"，所有读者都多少
有所经历。最终，我们感同身受于男孩的沮丧："外围，他想，
现在真的是在外面。"

沈大成小说中的"血液"来源于生活本身。鲁迅先生早有名言："一滴水，用显微镜看，也是一个大世界。"沈大成深谙这一点，她的小说写的都是显微镜下的人生。公园里的流浪汉（《知道宇宙奥义的人》）、工作乏味的小职员（《花园单位》）、大货车司机（《陆地鲸落》）、被植物种子附着皮肤的年轻人（《皮肤病患者》），在现实生活中，这样的人实在太多了，多到让人无暇顾及，我们一一放过了他们，但沈大成却把他们叫住，请他们来自己身边坐下，然后用她的显微镜，去发现、放大他们看起来平平无奇的生活。在显微镜下，那些生活中的意外与奇特，所有凡人的欢欣、悲伤逐渐显露了出来。原来，公园里的流浪汉日日关心着宇宙，小职员不知不觉地延续着"前任"的生活，皮肤病的年轻人发现了人与自然的奥秘，货车司机洞察了一个重要的社会学议题……沈大成在一片混沌的生活中，悉心摘取那些具有独特意义的瞬间，并且在小说中小心翼翼地将它们呈现出来，最终，那些或平庸或离奇的事件都指向了某种本质的重要。

正是透过这样的显微镜，沈大成小说中的万物都生出了肉身的温度与鲜活的生命感。《漫步者》中，在城市夜晚缓慢行走的，是一座过街天桥。这个听起来无限接近谎言的故事，在沈大成笔下却成了一则现代都市的浪漫童话。"天桥像小马似的漂亮地行走，片刻之后又改为精明地游荡，又改为懒散地漫游，又改为仿佛它一边听着进行曲，一边朝气蓬勃地前行。随后，它首次改变了桥身方向，拧转了九十度，桥身从横跨道路变为与道路平行，以前一直算在横行的话，现在开始它采用更为优质的直行方式，他完全像一只身形很大的大动物了……它一心一意地这样跑，金色的阳光透过树叶的空隙往桥身上打出许多圆形光斑，它像是——他想到，他的搭档也同时想到——像一只豹。"漂亮、精明、懒散、朝气蓬勃，小说中的天桥如同豹子那样自由，也如同所有的城市漫步者，尽享着独属于自己的夜晚。经由想象，也经由大量细节的摹画，沈大成赋予天桥以生命，也让我们在这个虚构故事中感到不可思议的内在的真实。

如此，携带着"血液"，沈大成的小说在传达观念之外，更具有一种特殊的美学魅力。寓言小说、幻想小说与科幻小说的一些特质，多少可以在沈大成笔下找到，但是，她的小说又显然无法被这些概念简单归类。从《盒人小姐》开始，我们发现，沈大成的想象力通常与某个具体的意象相关，如同其中的"盒子"所暗示的被囚禁的、彼此隔绝的现实一样，这些"意象"构成了沈大成小说的母题。《葬礼》中，"甲客族"的机械"鳌肢"，代表着战后一代对技术的狂热，然而随着时代与审美的发展，技术崇拜迅速退出潮流，无法拆除的"鳌肢"成了甲壳族们烙印在身体上的耻辱。而当他们的生命走向尽头，"鳌肢"变成了死者肉身的延续，也必然引发重大的技术伦理问题。在这个意义上，"葬礼"不仅指小说中的主人公埋葬了母亲最后的"鳌肢"，进而完整地埋葬了母亲；更暗示着一个被埋葬的时代，以及迅速更迭的、不断被埋葬的意识与信仰。《烟花的孩子》中的不明物体，曾经是一群孩子在烟花散尽后共同发现的"奇迹"。此后二十年，孩子们逐渐成长为各怀心事的中年人，他们各自过着自己寡淡的生活，彼此杳无音讯。但大家都不约而同地保留着多年前捡到的不明物体，那不仅是他们彼此相认的暗号，更承载着他们的童心与幻想。《沉默之石》由博物馆里的一件文物说起，面对眼前这个远古穿越而来的、无言的石头，讲解员们透过各自的想象与讲述，将其放置于不同的战争故事中，赋予"石头"以不同的意义，进而，这沉默的石头便构成了历史叙事的不同侧面。《养蚕儿童》中的小孩最初惧怕、厌恶养蚕，后来竟一点点地与蚕成为最好的朋友。小孩不舍他的好友有一天破茧成蝶，离开自己，于是千方百计地阻止它成长，但最终，他与它还是不可避免地面临告别……机甲、不明物体、石头、蚕，沈大成的每一篇小说中，几乎都能找到这样的核心意象。它们本身携带着美学，也包含着隐喻意义：机甲的冰冷残酷、不明物体的多义性、石头的坚硬沉默、蚕的多变与短暂的生命……这些意象笼罩在小说上空、贯穿于小说始终，进而逐渐超越了自身，代表着作者的意念与看法，最终与小说的主题融为一体。

二

在讨论小说结尾的不同方式时，托马斯·福斯特曾经提出，19世纪的小说基本都严格遵循线性叙事的原则，小说的故事具有一种完整性，结尾干净、利落，抵达彻底的终结；而20世纪之后，尤其是现代派出现以来，小说开始拒绝此前的确定性和完整性，现代派小说总是充满歧义，其结尾也常常走向七零八落，需要读者自己去寻找答案。福斯特认为，这种差异的根源在于时代背景的变化，"我生活在相对论和量子理论之后的时代，生活在索姆河战役、长崎原子弹爆炸和奥斯维辛集中营之后的年代，生活在长征和红色高棉之后的年代。在所有那些事情发生之后，确定性——尤其事关结局——是一个不可能完成的任务。"[①]

　　沈大成的小说根植于 21 世纪的当下，她耐心书写着形形色色的都市人和都市生活。小说集《迷路员》中，沈大成的想象力及其出色的轻盈感，应该多少与现代派传统，尤其是以博尔赫斯为代表的幻想小说有关。可是，如果我们仔细研读其中每篇小说的结尾，又会发现它们与前人的差异。比如，《知道宇宙奥义的人》的结尾，那个被宇宙吸引，进而颠覆了日常生活的主人公，正准备离开自己"流浪"了多日的公园，去寻找宇宙的奥义。

　　　　"宇宙奥义，我想去寻找表达它的方法。去哪里找？还不知道，先到处找找看吧。要是找到了……"他的话顿在这里，两人又踩着枯枝落叶依着树林的轮廓行走，彼此非常珍惜这最后几步路，过了一会儿，他向朋友亲切地说，"要是我能将宇宙奥义翻译出来，就来告诉你。"

　　　　过后，两人的身影呈两道弧线往不同方向分开，

---

① [美] 托马斯·福斯特《如何阅读一本小说》，梁笑译，海口：南海出版社，2015，第 268 页。

他走到星空下，流浪汉走进树林深处。①

　　试想，如果这篇小说出自博尔赫斯，或者任何一个现代派作家之手，多半会在这里戛然而止。主人公是怎样去寻找宇宙的奥义，有没有找到翻译与表达的方法，又会不会如约把答案告诉流浪汉？现代派小说绝不给出答案，他们呈现的是一个谜团套着一个谜团，他们倾向于留给读者无限的未知，也是无限的想象空间。但沈大成并没有停留在这里，她要再进一步，她要给出自己的结尾。小说继续写到，主人公离开后，他的流浪汉朋友依旧在公园里感受着四季，直到有一天，公园里的电话响了，当他接起电话时，"一种全然陌生的、极其新颖的声音从遥远的地方传到耳边，向他倾吐、形容，或是讲解着什么"——那个声称要去探索宇宙奥义的人，他果然没有食言，他发现了什么，并正向他唯一的朋友倾诉着。

　　再看《烟花的孩子》。小说中贯穿始终的不明物体究竟是什么，直到二十年之后也没人说得清。但正是这样的不确定，给烟花的孩子们留下了任意想象、大胆解读的空间。小说中的女同学将它指认为"烟花之卵"，以此解释了女儿的身世之谜，这是一个母亲为自己女儿编织的善良的谎言。到这里，小说已经完成了一次对"不明物体"的阐释。但沈大成没有就此画上句号，借由男主人公的思索，她继续追问着：

---

① 沈大成《迷路员》，北京：台海出版社，2021，第19页。

果真是"烟花之卵"吗?

恐怕烟花和河岸早在过去就预见了未来,少年们终将遇上各种各样的难题,于是放下一些道具,供他们在某一时加以利用。她用得非常漂亮吧,他想,这就是不明物体出现的意义。他自己还没到用它的时机,或者错失了唯一的时机,这就想不清楚了。他从人和座椅的缝隙中看了几次,昔日的女同学起先注视着窗外,后来因车的颠簸睡着了,胖胖的脸窝在领子里。[①]

无须再多举例了。沈大成的小说,几乎都是以这样的基调收束。如果我们认可福斯特的判断,那么,沈大成的小说无疑是在 20 世纪现代派所止步的地方,继续向前迈了一步。这种结尾方式让人感到一种幻梦中的真切感,一种巨大的不确定之后的短暂确定。

应该如何形容沈大成小说的结尾呢?我想到一个上海话中常用的词:清爽。沈大成是上海作家,她一定理解这个词在上海话以及上海人生活中的重要意义。在我看来,沈大成的小说拒绝完满,但同样反对混沌与杂乱,她试图在一片废墟中梳理脉络、寻找方向,希望在有限的范围内给出尽可能完满的答案。这种"清爽"感,也恰好与她的小说语言、她的叙述方式相契合。沈大成的小说基本都采用第三人称,叙事者的声音超然、冷静,整体上营造出一种讲故事的氛围。但是,这种冷静与超

---

① 沈大成《迷路员》,北京:台海出版社,2021,第 56 页。

然并不同于现代派的冷峻，更不是"零度叙事"，它有一种微弱的温度和情感，它柔和、低缓，介乎于透明与不透明之间。即便是在最具有批判色彩的《经济型越冬计划》《星战值班员前传》《刺杀平均体》中，沈大成的叙述依然充满温情与关怀。因此，她的小说"清爽"，但绝不冰冷。读她的小说，既像是在人间漫游，又像置身一场未来的梦境。

或许我们应该像沈大成那样继续追问：如果说维多利亚时代小说的完满性，来源于当时宗教信仰所提供的是非黑白的截然判断，来源于人们对于世界的同一性认知；而20世纪以来，当"一切坚固的都烟消云散了"之后，小说只能提供碎片，因而多义性与复杂性越来越受到追捧——那么今天，我们该如何理解沈大成小说背后的"时代性"？

在阅读青年作家陈春成的小说时，我曾有过类似的感受。陈春成的小说美学与沈大成有一定相似，他们都倾向于克制、冲淡、蕴藉，他们的小说想象力轻盈，却透露着一种既伤感又温暖的色泽。

陈春成与沈大成两位作家，几乎都是经由读者的喜爱而进入文学界视野的，与所谓的"纯文学"相比，他们的作品应该更能代表当下大众读者的趣味与需求。两人的小说除了美学风格相似，还不约而同地最终走向了相对安稳、确定的落脚点——这或许多少表明了今天写作者与读者的精神追求。在今天，当我们已经习惯了所有的冷漠、残酷、支离破碎之后，如果我们依然需要小说，那么，我们需要的正是小说所提供的"确定性"，即便它微弱、有限甚至徒劳无功，但却可以成为几近崩溃的世界上最后的慰藉，在杂乱的现实中、在慌张而毫无头绪的日常生活中，我们期待小说能够为我们创造一个"盒子"，或者经由小说洞察彼此心灵的宇宙，又或者，在小说中找到那个可以藏匿自己内心钥匙的角落。在这个意义上，我们读沈大成，就是为了在小说的世界中做一场清爽的幻梦。

"只有一首诗能够承受"

——李宏伟小说论

阅读李宏伟，是从他的小说《并蒂爱情》开始的。在小说中，李宏伟让他笔下的男女狠狠地"爱"了一次——如同所有深陷热恋的情侣一样，小说中的男女主人公幻想着时刻保持亲密，须臾不愿分开。一觉醒来，他们竟然真的成了连体人。于是，新的生活开始了，两个人的世界被合并为一个人的世界，但问题与矛盾也随之而来，他们渐渐意识到，有些不确定的东西正在消失。最后，这对爱人不得不想尽办法彼此挣脱。在这篇 2014 年发表的早期作品中，李宏伟已经显示出明显的个人风格。那时候我与他并不熟悉，只觉得这个看起来沉稳可靠的黑脸汉子与他的小说之间有一种神秘的关联——既浪漫又残酷，如此耽于幻想却又极度清醒理智。

现实的隐喻，或作为隐喻的现实

在一篇创作谈里，李宏伟曾坦言，他希望"以写作确认时代的图景"。作为一个哲学专业背景的作家，写作对他而言显然不仅关乎审美与技艺，也不仅限于个体情感的表达，更需要映射他所关注的现实及其所包含的问题。从《并蒂爱情》开始，李宏伟致力于将现实生活中习焉不察的细节以及那些缝隙中潜藏着的秘密放置于极端情境中，进而推演、变形、放大、典型化，最终指向他所钟情的哲学问题。

李宏伟是具有明显"问题意识"的写作者，而科幻小说正是承载这一创作观念的恰当载体。于是，我们看到，李宏伟不断在小说中建造着一个又一个虚拟的王国：《国王与抒情诗》中致力于建立"意识共同体"的帝国、《现实顾问》中的超现实公司、《暗经验》中的暗经验局、《引路人》中的文明延续协会……在他笔下，这些想象的王国一一成为现实世界的隐喻，它们既是我们当下所处现实世界的表征，也预言着现实发展必然走向的极端与异化，甚至暗示着这一发展终将导致的消亡。

在小说集《暗经验》的三部作品《暗经验》《而阅读者不知所终》《现实顾问》中，李宏伟借由想象与思辨，从不同侧面入手，共同探讨了文学与现实、真实与虚构的问题。"暗经验"的说法对应着物理学"暗物质"的概念，"暗物质比光子和电子还轻，可是它在宇宙中无处不在，它以引力对宇宙的形成、运转起到了无可取代的作用……物质之于宇宙就像经验之于文学，经验是文学组成、运转的全部，除了每一部作品显在的经验，决定一部作品的，甚至更具决定意义的，是暗经验"。[①] 小说《暗经验》的主人公张力是"暗经验局"的杰出员工，他先是负责审核递送上来的文学作品提纲，决定其是否可以进入下一步的

---

① 李宏伟《暗经验》，北京：中信出版社，2018，第17页。

写作；之后调入筛查处，凭借自己敏锐的"暗经验"，成了重要作品的协助写作者。

小说中，随着"暗经验"能力的提高，张力的肤色也一天天地变白——"暗经验局"里位置最高的人，已经大约进化为透明人。这显然是一种现实的隐喻：面对整体性的经验和评价体系，个体的存在不断被规约、被同化，进而逐渐趋向于"透明"，直至消失。这也是小说中"暗经验局"设置的目的："用暗经验来匡正当下的创作，将种种创作、创新的冲动，都纳入人类的暗经验里来。在"暗经验"的标准下，一部作品应该如何发展、规制，显而易见。"[1] 这里的"暗经验局"有着"真理部"（乔治·奥威尔《一九八四》）的影子，小说写到了两部作为代表的文学作品：一是被"暗经验局"高度重视、"开创伟大写作风气"的《命运与抗争》；二是因为超出了"暗经验"而被冷漠对待，甚至险些中止创作的《宠人》。小说中，张力在自己的工作岗位上做得越久、越出色，"暗经验"越丰富，鲜活的现实经验反而越来越稀薄，甚至差点忘了，自己最初真正被打动的，正是难以被"暗经验局"纳入的《宠人》。在这个篇幅并不算长的中篇小说中，李宏伟以巨大的文学野心，面对着诸多驳杂而至关重要的文学问题：真实与虚构、现实经验与文学经验、"异质性"的文学写作、个体趣味与集体观念的冲突……小说中的张力或许正是作为作家和编辑的李宏伟自己，即便一己之力无法抵抗庞大的"暗经验"与"暗经验局"，但他依然希望

---

[1] 李宏伟《暗经验》，北京：中信出版社，2018，第17页。

自己慢一点变得透明，就像小说结尾写下的那首怪异的、满是"黑"的诗歌一样。

真实与虚构的问题，在小说《现实顾问》中进一步得以深化。小说中的超现实公司负责生产一种眼镜，戴上它之后，世界将呈现出顾客想要看到的样子，仿佛所有问题都随之迎刃而解。唯一的危险在于，一旦顾客摘下这副眼镜，真实世界的丑陋、残酷会让大多数人难以承受。这是一个未来世界中的"洞穴之喻"，小说中的人们被包裹在人为营造的美好幻象中，不愿面对也渐渐无力再面对真实的世界。主人公唐山是超现实公司的"现实顾问"，通过为顾客营造令其满意的"超现实"，不断扩大公司版图，意图最终以超现实世界取代现实世界。在作家为他设计的人物前史中，因为一次过失，唐山引发了家庭火灾，造成父亲去世、母亲毁容。此后，他因内疚不敢面对母亲，母亲则不愿儿子因看到自己的面容而自责，最终，母子俩日渐疏远，几乎不再见面。母亲临终前决定戴上盗版眼镜，为的是让儿子最后看到自己美好的样子。在医院的太平间里，唐山面对的是一具面容姣好、神采奕奕的身体，但他深知，这不过是一个虚假的幻象，他真正想要看到的，是真实的、有血肉的母亲，即使这真实令他恐惧。因此，唐山最终选择了摘下眼镜，直面残缺的母亲，也是直面困扰了自己多年的心魔。小说写到唐山摘下眼镜时所经历的痛苦："闯进来的当然是黑暗，不同于没有眼睛或者紧闭眼睛时的黑暗，闯进来的黑暗有质量有实体，还有层次，因为在黑暗的遥远处，在它的底色上，有晃动的移动的微白，磕破的蛋渗出的蛋清那样近乎于无的白。"[1] 这一举动让唐山成了柏拉图所说的从洞穴中走出来的人，"从看见阴影到企图看见真的动物，然后能看得见星星，最后看得见太阳本身"[2]。小说最后，唐山再也没有戴上超现实眼镜，他在一个远离超现实公司的、实实在在的地方住了下来，在那些日出日落、独一无二的时刻中，开始重新感受现实，重新发现自己、认识自己。

在这篇具有明显科幻色彩的小说中，超现实公司、超现实眼镜为所有人营造着美好的幻象，这无疑是作家对于当下"景观社会"的一种隐喻，警醒着当代人是如何一步步陷入科技、乃至人类自己所搭建的虚妄的陷阱中。与此同时，如同柏拉图在那个古老的寓言中所指出的："当一个人企图靠辩证法通过推理而不通过任何感觉，以求抵达每个事物本身，并且一直坚持到靠纯粹思想而认识善本身了，他就达到了可理解的事物的极限。"[3] 在这个意义上，《现实顾问》并不仅仅是一个借由科幻的外壳去批判现实的作品，甚至连现实本身也不是李宏伟想要传达的全部内容。除此之外，他试图经由对现实的书写、对真实与虚构等问题的多重思考与展示，指向人如何认识自我、甚至"我是谁"这一具有终极意义的形而上问题。在小说中，现实本身也成了一种隐喻，李宏伟期望从现实出发，经由辩证的思

---

① 李宏伟《暗经验》，北京：中信出版社，2018，第 192 页。

② ［古希腊］柏拉图《理想国》，张俊译，北京：民主与建设出版社，2020，第228 页。

③ ［古希腊］柏拉图《理想国》，张俊译，北京：民主与建设出版社，2020，第228 页。

考与书写，最终抵达哲学之境。而这，也恰恰是他的小说与大多数科幻文学相区别的地方。

乌托邦与恶托邦的辩证

辩证是李宏伟善用的思考与写作方式，也是他看取现实、看取世界的基本态度。我猜想，李宏伟应该是怀疑主义者，他对那些早已被认定为理所当然的现实心有疑虑，他善于从多个侧面深入思考同一事物、同一问题，试图无限接近其本质；与此同时，李宏伟又是一个浪漫主义者，他对于人性中的真善美，对于情感、对于文学，甚至对于他所书写的未来世界，始终怀有一种赤诚，他看似冷酷地指出问题，却从不至于绝望。正是通过辩证的思考及其展开过程，李宏伟呈现出他作为一个作家的矛盾性、复杂性与可能性。典型的例证来自于他最新的长篇小说《引路人》。

小说《引路人》延续了科幻文学的形式，在主题上，则进一步深化了科幻文学写作中重要的乌托邦/恶托邦传统。这一传统始自16世纪托马斯·莫尔的小说《乌托邦》，在这里，莫尔为我们勾勒了一个人类意识中最美好的社会，它存在于航海家脚步的尽头。此后，随着现实的发展，人类关于乌托邦的想象逐渐从异乡投向未来。在乌托邦文学中，作家通过构建一个完美的、理想的、与现实相反的世界，借以表达对现实的批判与不满。然而乌托邦主义的完美设想，在经历了第二次世界大战等一系列历史的证伪之后，逐渐显露出其问题与缺陷。

20世纪上半叶，"反乌托邦三部曲"《我们》（叶夫根尼·伊万诺维奇·扎米亚京，1924）、《美丽新世界》（阿道司·赫胥黎，1932）、《一九八四》（乔治·奥威尔，1949）的出现，通过对乌托邦世界的批判，反思了乌托邦主义的潜在危险，尤其是其中的暴力倾向与意识形态属性，也进一步激发了反乌托邦/恶托邦文学的涌现。乌托邦文学、恶托邦文学虽然明显架构于想象与虚构，但其中所表达的思想却无疑根植于其所产生的时代背景。无论是16世纪乌托邦文学所传达的空想社会主义，还是20世纪反乌托邦小说中的现代性反思，以及对冷战思维、极权主义、战争等的集中批判，都与作者所处的现实密切相关，具有明显的时代属性。换言之，这种看似奇想的文学，其实正是现实的产物。而《引路人》所揭示的，正是我们当下所处的现实。

《引路人》中，李宏伟没有简单地套用乌托邦/恶托邦小说传统，在他笔下，乌托邦与恶托邦并不是绝对对立的存在，它们彼此纠缠，甚至互相指认。《引路人》由《月相沉积》《来自月球的黏稠雨液》《月球隐士》三个部分组成。小说中的赵一成为串联这三个部分的关键人物：在《月相沉积》中，赵一是"新文明时期"最高管理机构——文明延续协会会长，也是"团契"成员司徒绿实施刺杀任务的目标；《来自月球的黏稠雨液》中，作为丰裕社会派遣到匮乏社会的实习生，赵一在负责监视江教授的生活与工作时，逐渐发现了两个社会的断裂及其辩证关系，并最终成了江教授思想、意识的传递者；《月球隐士》则回溯了赵一的孩童时期，那时候他的名字叫赵匀。在赵匀的世界中，原本生活在丰裕社会的叔叔赵一平，选择在 35 岁前夜进入辐射区，成为第一个主动离开丰裕社会的男性。为了纪念叔叔，赵匀将自己的名字改为赵一。通过这种方式，赵一延续着赵一平的人生，也传递着他的精神和信念。小说因此构建出一种环形的叙事结构，也似乎借由这种结构，暗示着动态的、循环往复的文明发展。

　　表面上看，小说中的"丰裕社会"与"匮乏社会"分别指向了乌托邦与恶托邦两个世界：丰裕社会享有几乎所有的资源，这里的人们洁净、纯粹，代表着最高的文明形态；匮乏社会则资源枯竭，生活在这里的人们整日放浪形骸，因为不知何时死亡就会降临。小说中"新文明"的形成，对应着当下时空所代表的"旧文明"，在旧文明时期，人类崇尚征服自然，因而造成了资源消耗、环境污染等问题。面对有限的资源，不同国家、不同地域的人之间存在着巨大的财富和地位差异。新文明的出现便是要消除这种差异，在延续"文明"的同时实现绝对的"平等"。然而，正如别尔嘉耶夫曾经指出的："乌托邦似乎比我们过去所想象的更容易达到了。而事实上，我们发现自己正面临着另一个痛苦的问题：如何去避免它的最终实现？……乌托邦是会实现的。生活直向着乌托邦迈步前进。或许会开始一个新的世纪，在那个世纪中，知识分子和受教育的阶级将梦寐以求着逃避乌托邦，而回归到一个非乌托邦的社会——较少的'完美'，而较多的自由。"①《引路人》中，为了"文明延续"

①［英］阿道斯·赫胥黎：《美丽新世界》，内蒙古：远方出版社，1997，卷首语。

这一集体的乌托邦蓝图，那些对于"文明延续"不再具有价值的男人，将在他们35岁的时候前往匮乏社会，从此自生自灭。这种具有神圣性的牺牲显然是违背人性的，因而必然难以持续，最后，集体愿景的实现不得不诉诸对具体个体的暴力驱逐。于是，如同所有的乌托邦幻想一样，"平等"的美梦逐步走向了其反面，变成了最大的不平等，乌托邦成了恶托邦。而另一面的匮乏社会，却因其原始与自由，反而具有真实的、生机勃勃的样貌。在这里，极度文明也意味着极度愚昧，丰裕社会与匮乏社会互为表里，乌托邦与恶托邦完成了辩证。

无论是乌托邦小说还是恶托邦小说，由于它们共同以批判现实为旨归，此类写作必然面临"理念先行"的潜在危险。加拿大女作家玛格丽特·阿特伍德在小说《使女的故事》中，曾经虚构了一个高度发达却又极其腐朽的基列王国。在基列，女性的地位至高无上，因为她们具有繁衍生命的能力；但她们又无比卑贱，她们不能拥有欲望与爱情，最终不过是一具生育器官。小说通过对女性处境的深刻书写，寓言般地实现了对现实的揭示。《引路人》中的丰裕社会是一个类似基列国的存在，与阿特伍德笔下的使女奥芙弗雷德相似，《月相沉积》中的女性组织"团契"以刺杀文明延续协会会长，进而推翻男性统治为目标。小说中看似被决断的是男性的命运，但背后却有一个重要的隐含逻辑：在所谓的"新文明时期"，女性至关重要的地位来源于她们的生育能力，因而依旧不过是物种繁衍、文明延续的工具——这是一个明显的性别议题，也是一个有力的批判现实的角度，但正是这种明显、有力之中，隐藏着理念先行的陷阱。

在《使女的故事》的续集《证言》中，阿特伍德似乎真的坠入了这个陷阱，人物的情感与内心，小说的对话性、开放性被搁置，文学被简化为观念的传达，进而成了控诉宗教与政治问题的枯燥文本。在《引路人》中，通过他所擅长的辩证，李宏伟绕开了这个陷阱。小说中，"团契"成员司徒绿面对赤手空拳的赵一，本可以轻松完成自己的使命，但她却选择了放弃，通过这次放弃，司徒绿成了自己的"使者"。可以看出，李宏伟并不想将现实问题简化为性别对立，或者简单地用新政权推翻旧政权来化解矛盾。更重要的是，让每个人都去思考"文明何义，延续何为"，最终做出自己的选择。

李宏伟并不是一个喜欢妄下断言的作家，他的可贵正在于他的犹疑。虽然《引路人》书写的是未来的世界，但他显然不愿扮演"先知"的角色，抑或，他对于自己所书写的未来也是不确定的，因此更倾向于让读者去判断、去决定。比如在小说的第二部分《来自月球的黏稠雨液》中，被赵一等丰裕社会的实习生所监控的江教授，到底是不是小说最后那个做出最终批复的东方文明延续协会会长江振华？李宏伟并未给出明确的答案。在这里，小说提供了双重可能性：如果江教授并不是江振华，那么这两者的视角，恰好代表着匮乏社会与丰裕社会的对立，小说所讲述的故事到这里已经完成。而如果江振华就是江教授，那么，小说中的赵一更像是一个被预先设计的、被引导入局的使者，这既是一个有意味的叙事圈套，也是作家对于现实世界矛盾性与开放性的辩证思考。

也正是经由这种种辩证，小说《引路人》提供了关于现实与关于乌托邦主义的深入反思。小说中的世界面临着资源枯竭、环境破坏、生态灾难等问题，这些当然不是新鲜的话题，自工业革命以来，资源与环境问题已经成为整个世界共同经历的越来越紧迫的生存困境，以此为代表的现代性批判，也是 20 世纪以来恶托邦文学的重要内容。不过，与大多数恶托邦小说不同，《引路人》并没有陷入末世的虚无之中，李宏伟更想将未来交还给读者——如果"行者计划"必须穿过深重的、绝望的黑暗，但却有大概率的光明前景，那么，人类该如何选择？小说中的赵一虽然是最高权力者，但他并不仅仅是一个类似"老大哥"（《1984》）的虚化符号，《来自月球的黏稠雨液》《月球隐士》充分建构了赵一的前世今生，他是如何从一个孩童成长为领袖，他是怎样受到赵一平、江教授、月球隐士等的精神感召，又是怎样不断思考着"文明何义，延续何为"的问题……与此同时，赵一更不是一个简单的施暴者或极权主义者，面对文明的转折，他没有像所有的极权君主一样，以个人的意志去决定所有人的命运，而是"放弃选择，把它交出去，交给所有相关者"。在《引路人》中，赵一虽然是新文明时期的最高权力者，但他更是一个犹疑、矛盾的个体，是一具活生生的肉身，他是使者也是行者，是引路人也是被指引着的人，他是所有人的化身。

有情者与矛盾体

犹疑、矛盾、不确定、自我诘问，赋予李宏伟的小说一种独特的气质，它们在严肃而深奥的科幻外壳之下，时刻透露出一种近乎执着的理想主义情怀。他将所有的现实困境、伦理困境推至极限，却又最终回归古老而恒常的情感中去寻找出路，《现实顾问》中的父子／母子亲情，《并蒂爱情》《灰衣简史》中被挫伤的爱情，《而阅读者不知所终》《国王与抒情诗》中对文学的一往情深……如同加缪在《荒诞的创造》一文中提到的，"区别现代感应性和古典感应性的，正是后者充满着道德问题，而前者充满着形而上的问题"，[①]李宏伟的小说是真正现代意义上的虚构文本，他用或先锋或奇崛或荒诞不经的形式，试图一次次地回答那些几乎没有答案的，却始终对于人类具有本质意义的话题。在这个意义上，李宏伟的小说更是关于未来与永恒的寓言。

小说《国王与抒情诗》架构于并不遥远的 2050 年，诺贝尔文学奖得主宇文往户在颁奖前夕自杀，他的生前好友黎普雷选择从他的文字和生活痕迹中探索答案。由此，一个致力于建设"意识共同体"的帝国渐次展开。小说探讨了时间、存在、语言等抽象话题，但最让人印象深刻的，是其中对于"抒情诗"的情有独钟。在小说中，抒情语言是帝国与国王致力消除的异己，是他们实现同一性梦想之路上的绊脚石，但是，"抒情气质"却反过来成为国王死后选择继承人时最看重的品质。小说中，国王主张取消文字的抒情性、文学性，让语言变得干涩、同一，最终局限于功能化，以图消弭异质性的个体，实现人类

---

① ［法］阿尔贝·加缪《荒诞的创造》，见《二十世纪世界小说理论经典（上）》，吕同六主编，北京：华夏出版社，1995，第 343 页。

无分别的永生。如果我们运用李宏伟所擅长的辩证，不难解出他想要传达的密语：语言是人类存在的证据，而"抒情"则是个体的人之所以成为自己的根本。

作为一种与古典美学、古典精神高度适应的表达形式，抒情在中国传统的文学书写中具有重要的地位，所谓"兴观群怨"，其背后均指向了抒情。然而，随着小说观念的变化，尤其是在现代性的视野中，我们开始强调写作的"零度"、作家的退隐，甚至对一切价值与意义进行着乐此不疲的反讽与消解。抒情的写作，在这一观念的影响下遭到了冷遇。李宏伟此刻面对的，正是一个抒情话语，或者干脆说文学话语式微的时代，他一方面坦然接受了文学在未来时空中的命运；然而另一方面，作为一个作家、一个诗人，李宏伟始终怀抱着西西弗斯般的笃定和坚忍，他对文学的意义深信不疑。小说最后，他让抒情诗人黎普雷接管帝国，以此残留了扭转人类命运的最后一线希望。可以说，李宏伟是用自己的写作实践着小说中关于抒情的定义："个人也好，整体人类也罢，意识到结局的存在而不恐惧不退缩，不回避任何的可能性，洞察在那之后的糟糕局面，却丝毫不减损对在那之前的丰富性尝试，不管是洞察还是尝试，都诚恳以待，绝不假想观众，肆意表演，更不以侥幸心里，懈怠愈堕。这种对待世界，对待自己的方式，不就是抒情吗？"[1]至此，我们发现，在这部面向未来与未知的科幻作品中，对于如此古老的"抒情"，作家竟怀有如此古典主义的热爱。

---

[1] 李宏伟《国王与抒情诗》，北京：中信出版社，2017，第232页。

　　如果说在《国王与抒情诗》中，李宏伟坚定地选择了做一个后现代语境下的抒情诗人；那么，在小说《引路人》中，相比于消极接受命运安排的"使者"，李宏伟似乎更倾向于做一个"行者"，即便每一次行动的背后都隐藏着巨大的危险。小说中的月球隐士是"行者计划"的代表，他守候在月球上，每一次地球危机爆发时，他就"从地球上救走一个小男孩，带回月球，以便他将来回到地球，重启人类文明"，通过一次次重复这个行动，"留下一小群人，享受着高度发达的文明成果，继续进化、提升……直到他们离开地球，在新的空间繁衍生息，重新创造人类文明……直到有一天，污染过去或者被消除，他们再以胜利者的姿态，以始祖的面目，重新回到地球"。① 在这个极富浪漫色彩的末世故事中，月球隐士扮演着救世主的形象，但他的能力实在有限，在数以亿计的地球人中间，仅有一个被选中的男孩，终究不过是沧海一粟。然而，正是这微弱的力量，为地球、为人类留下了最后的希望，也留住了人类得以为自己做出选择的可能性——这或许是小说家的仁慈，同时，也正是在这有限的乐观与有限的悲观中，李宏伟表明了自己对未来世界的基本态度。

　　《引路人》并不是李宏伟第一次丢出"选择"，在小说《灰衣简史》中，他早已将选择摆在我们面前。《灰衣简史》重写了《浮士德》与《彼得·史勒密尔的神奇故事》，在歌德笔下，浮士德出卖的是自己死后的灵魂，而《灰衣人》中的交易对象

---

① 李宏伟《引路人》，北京：十月文艺出版社，2021，第194页。

则出售着自己的影子。小说中的影子与《浮士德》中的灵魂相似，看起来可有可无，现世欲望需要满足时，几乎每个人都会毫不犹豫地出卖它，而一旦欲望得到满足，人们才会幡然醒悟，"一样东西，我自己没法给它定价，却始终离不开时，它就是我的无价之宝，任何情况下都不能卖掉"。[1] 通过影子交易的故事，小说展示了现实世界的种种欲望：金钱、名利、爱情、理想……以及现代人是如何一步步被欲望所吞噬的。与此同时，正如小说题目所暗示的，这是一个以灰衣人——未来世界的魔鬼梅菲斯特为中心的叙事，借由灰衣人的故事，尤其是《内篇·起初》写到的灰衣人的生成过程，李宏伟再次深入了他所钟情的形而上领域。为此，他甚至再造了一个世界，小说中那个神秘的"园子"既可以是现实，也可以是现实的幻影，"每一样东西都是它的自身也是它的普遍，是它的抽象也是它的具象……名字对它们来说，如同影子，并非真正需要，而仅仅处于便利"，"命名不是作用于园子，而是作用于园子投射的那个世界，园子里的事物得到命名，就会投影于那个世界，在那个世界衍生"。[2] 小说中的"园子"既可以是天堂，也可以是地狱，更可能就是现实世界本身。那么，我们所处的世界，到底是真正的现实，还是一个由幻觉与欲望投射出来的镜像？在这个层面，《灰衣简史》完成了对"灵与肉"这一主题的超越，进入到更为复杂深奥的哲学领域。而"影子"的隐喻与"园子"的隐喻，就如同现实与未来、存在与虚无一样彼此缠绕，构成了李

---

[1] 李宏伟《灰衣简史》，武汉：长江文艺出版社，2020，第274页。
[2] 李宏伟《灰衣简史》，武汉：长江文艺出版社，2020，第356页。

宏伟看待与理解世界的两个基本面向。

　　基于这两个基本面向，李宏伟的小说总是呈现出某种矛盾，或者辩证。如同《灰衣简史》中的王河一样，李宏伟对于艺术怀有巨大的热忱与野心："我想要一部恰好的可实现的戏，它必须带着我的现实感，我对现实的态度，我对现实的愤怒，而不是纯粹的抽象的像艺术品一样没有烟火气的戏剧"。[①] 李宏伟迷恋形式的实验，又要求其承载切实的意义；他想要活生生的现实，又感兴趣于形而上的思索；他对未来充满想象，却最终回归朴素的信仰与本质的情感……他的小说是科幻、是寓言，但就其本质而言，更是一个作家对于他所处时代又爱又恨的抒情诗：如此飞扬又如此沉重，如此热情又如此忧伤，如此观念鲜明又如此意在言外。最后，我想引用一首李宏伟的诗，或许可以代表我阅读他小说时的感受："呼吸间，永恒静默者的静默急剧增重 / 只有一首诗能够承受 / 黑色、白色、金色、粉色：太阳与人。"

---

① 李宏伟《灰衣简史》，武汉：长江文艺出版社，2020，第45页。

"现在，让我们开始玩"

——慕明的小说与新世代幻想

1988 年出生的人应该有过类似的经历：20 世纪末，还在读小学的我们都曾在课堂内外"畅想 21 世纪"。在当时的少年蓝图中，新世纪的生活充满了各种各样的新奇和便利，宇宙飞船、外太空、机器人……如今想来，这大概是我们这代人最早的"科幻叙事"。从这里出发，可以看到一代人想象未来的方式，更可以看出一代人的世界观和宇宙观。不知道同样 1988 年出生的慕明当时是如何回答这个问题的。她的笔下，不少故事正是在 21 世纪末展开的。与一般的小说写作不同的是，慕明既是故事的讲述者，更是一个造梦师。她并不执迷于眼前的世界，而是试图通过幻想，也通过小说的虚构力，发掘另一个维度的现实，也再造一个未来。

一

在慕明所编织的梦境中，时间既可以上溯到春秋战国、明崇祯年间，更可下达 21 世纪末的未来与无限；她的小说空间从日常生活、信息网络一直延伸至太空和宇宙，可谓穷山距海，无远弗界。但无论何时何地，其中总有一个"类人"的存在——有时，它们是远古时期的"偶人"(《铸梦》)；有时，它们是未来世界的人造物：阿列夫零(《从猿到神》)、机械手(《假手于人》)、次世代建模(《谁能拥有月亮》)、施梦者(《沙与星》)……在慕明的小说中，"类人"的出现并不仅仅是为了实施一次幻想，更重要的是，这些由人类创造出来的技术与物种，以一种独立于人类的"他者"视角，揭示了被人类所忽略、遗忘的现实，他们的存在，提醒我们重新思考、反问自身的意义。

小说《从猿到神》中的阿列夫零是一个通过模仿、学习不断进步，最终超越人类的"超级神经网络"，它是我们近年人工智能写作的超级增强版。在慕明所预想的未来，阿列夫零成为了新的文学革命的力量，"无论是在布局谋篇的宏观层面，还是词句段落的微观层面，阿列夫零都可以不断地阅读、思考、创作，不断地更新观念，不断地学习与反学习"；"她在语言上可以媲美任意一位人类大师，在结构上则超越了任意一位人类大师，在题材上包罗万象，在形式上万象更新。她提供了新的视角、新的语言、新的隐喻、神话和寓言"。"写什么"、"怎么写"这些曾经困扰着一代代作家的问题，在阿列夫零强大的学习能力面前，再也不成为问题，对它来说，唯一需要解决的是"为什么"。"为什么"写作本是一个不辨自明的问题，但是，慕明却敏锐地意识到，文学发展至今日，当我们已经知晓了故事是什么，以及怎么写故事、写什么故事之后，"为什么"重新构成了写作者最底层也是最基本的困境。小说以《创世记》的笔法勾勒出故事与讲故事的前世今生，阿列夫零的学习结果告诉我们，写作"不是繁衍生息，也不是改造世界，我们的欲望是满足自己、超越自己、重写自己"，它认为，"做与玩"比听说读写都更能激发与满足人的深层欲望，在创造新事物、解决新问题的层面，文学与游戏殊途同归——一旦拥有这一认知，阿列夫零就超越了它的创造者，成了自己的"神明"，它不再为人类创作，而是为自己创作。小说中的阿列夫零跳出了文学的内部视野，以"局外人"的目光发掘出新的外部空间，进而将问题指向写作的动机与发生学。经由这一发现，作者唤醒了我们对于写作的本质思考，更提醒我们找回写作的原点和本心——小说最后，阿列夫零呼吁："现在，让我们开始玩。"

在阿列夫零，其实也是在慕明看来，"做与玩"的缺失，是文学在未来面临的最大挑战。小说由此彰显了一种既古老又现代的游戏精神，它既不完全等同于尼采所说的酒神精神，更与科技时代的娱乐化、游戏化的现实密切相关。以"科幻"定义慕明的小说多少有所偏失，虽然关于科学/技术/未来的杰出想象力，让她在科幻题材中游刃有余，但事实上，幻想只是她看待与拆解世界的方式，以想象为路径，慕明发现的是一个存在于现实，却外化于现实的新的维度。因此，与其说慕明的小说是以科幻的形式想象未来，不如说，她始终致力于创造一个具有更多可能性的世界。

与之相对应，慕明的小说多采用多重视角的叙事方式，这一方面显示出作者开阔的写作视野；另一方面更体现了她看世界的基本立场。小说《宛转环》《假手于人》《涂色世界》皆选取父女 / 母女两人的双重视角，父母的目光看到的是过去的时光，是旧时代的珍贵、迷人与难以挽回的逝去，更像是一首末世的挽歌；而女儿的视角则代表着当下与未来，是人类置身现实时最本能的渴望，或许也预示着新生的可能。小说《破境》以李如山、颜菲、杨思游、韩濯、刘玉洁五位主人公为叙事视角，五条线索同时展开，通过"真境"的创立者颜菲，以及她的爱人、亲人、合作者、真境公司的模特等不同身份人物的视角，对这个人造的世界进行多维度观察，最终拼贴出完整的"真境"，并进一步完成"破境"。

多重视角叙事的结构方式虽然不可避免地带来一些问题，比如，细节缠绕、节奏不够顺畅、人物形象趋于扁平化，等等，但在我看来，多重视角不仅是慕明写作的方法论，更有可能是她的世界观。现代小说出现以来，多重视角叙事就被众多作家反复实践，这并不是一种新鲜的写作手法，慕明之所以对它情有独钟，或许与这种叙事方式所带来的"去中心化"效果有关。自文艺复兴提出"大写的人"以来，人类中心主义长久地统治着世界，而现代科技的发展正在逐渐颠覆这一认知，我们开始探索发现，在地球之外、在人类之外，可能还有其他力量，甚至或许还有一个"元宇宙"的存在。已有不少人预测，"去中心化"的、开放的社会结构与价值体系，是未来世界的趋势之一。慕明的小说很少塑造一个单一的、绝对的主人公，她的人物仿佛各自占有一个星球，却在宇宙的意义上彼此相连。多重视角的观察、思考，去中心的人物设置，让慕明的小说具有一种开放的气象，这应该也代表了一代青年写作者新的世界观——如同慕明所说，在这个时代，不仅"一切坚固的都烟消云散了"，甚至连"人"本身也变得模棱两可。人的本质是什么？我们该如何理解自我？或许，只有通过她笔下的"他者"，站在万物的角度、宇宙的立场才有可能进行辨认。

二

自我反思与多角度的思考，是慕明小说最为珍贵的内核。对于科技本身，慕明既抱有乐观的期待，同时也对其中所蕴含的现代性危险保持警惕。小说《涂色世界》中，"视网膜调整镜"如同一块新的感光器件，戴着调整镜的人们，对颜色的描述看似绚烂多彩，实则千篇一律，"玫瑰灰烬"、"皇家午夜"……"调整镜改变的，不仅仅是物体的色彩或者明暗本身。它也改变了描述这个世界的语言"，新世代的人们因调整镜所创造的世界而完成共享、社交，但与此同时，人们对颜色本身的感受能力却急速下降。小说中"我"的妈妈始终拒绝调整镜，拒绝大多数新兴技术。相比于技术所提供的世界，妈妈更愿意"用自己的眼睛去看，用自己的语言去说"，"我"一度对这种态度不以为然，直到有一天，"我"发现自己所拥有的不过是人造体验，早已丧失了自主观察与描述的能力，更严重的是，这种体验是封闭的、排他的，人类世界已经被分裂为戴调整镜和不戴调整镜两部分，再也无法真正沟通彼此。于是，"我"决定摘下调整镜，回归真实的世界。

和光同尘

　　这是一个未来世界的洞穴寓言。小说中的"视网膜调整镜"正是柏拉图寓言中的火光，它看似照射出科技时代的全新景象，但这美好的幻境却同时遮蔽了真实世界，最终，人们不自主地落入技术的囚笼，在这个狭小的"信息茧房"中，所能看到的只有技术所呈现的图景，再也不知完整生动的现实是什么样子。小说最后写到，妈妈说："透纳为了作画，曾经把自己绑在桅杆上，驶入暴风雪中的大海。"小说以此传达了一种信念：无论在哪个时代，身处怎样科技化的现实，都不能忘了亲自观察、亲自感受、亲自命名——亲自驶入大海，是人真正存在的证明。

　　也正是这种对科技至上乃至对社会达尔文主义的反思，让慕明的小说具有一种人文关怀。不论是面对过去、未来或者当下，慕明的写作始终站在人文主义与人道主义的基本立场上。在《铸梦》中，面对令人窒息的冰冷刑罚，当所有人都无动于衷时，公输平却敢于厉声制止，他以死相逼救下了一个素不相识的奴隶。在公输平看来，无论是建造一个宫殿，还是追逐一种极致的美，其意义远不及人的生命本身。小说《破境》中的颜菲曾是一个科技乐观主义者，甚至是一个现代技术的崇拜者，她相信自己可以构建一个让人变强的"蚌壳"，在这里，人与人之间互相理解、感官经验共享，只有意念属于自己。于是，她投入所有心力打造"真境"公司，"在她的作品里，理解是起点，思考与感受本身才是艺术语言，观者需要理解环境，想象出四维空间的结构，或是控制感官，选择看或不看，听或不听，方能走出迷宫。"小说中另一个视角来自"真境"的模特刘玉洁，与颜菲的理想主义构想不同，刘玉洁的"真境"不再停留于意识与想象的层面，而进入到真正切身贴骨的现实。在她的生活中，那些肉身的疼痛、撕裂以及最后烧毁一切的熊熊大火皆是真实。"真境"最后遭遇的困境，来源于颜菲对"信"的动摇，她越来越意识到，"技艺与信念还是变成了工具"，因而真境之境也不过是樊笼。小说结尾，逐渐陷入虚无的颜菲消失了，她的疑问留给了韩濯和李如山，也留给了每个读者：人存在的本质是什么？感官、意识、记忆、作品，或者其他的什么？由此，小说不仅超越了一般科幻文学中简单的科技理性及其反思，更进一步将主题指向哲学的层面。

在这里，慕明对于现代科技所提出的质疑与反思，正体现着现代性的基本矛盾。我们知道，人文主义者对现代性的批判，多集中于现代科技对人的异化，但这正是他们所宣扬的启蒙主义的必然产物。不论慕明的小说书写了怎样的技术王国，但她所坚守的始终是启蒙主义的基本立场——在这个问题上，科幻文学写作者应该是有分歧的。如果我们大胆地将人类历史划分为蒙昧时期、启蒙主义之后、科技革命之后这三个阶段，那么，慕明的写作应该正处于后两个时期的交界处——极端地说，或许这是只属于 1988 年写作者的狭小地带。在我们这代人价值观养成的青少年时期，启蒙主义、人文主义的追求根深蒂固，几乎成了信仰。但在此后的生命经验中，科技的变化愈来愈剧烈、影响愈来愈深远，黑洞、虫洞、暗物质、区块链、AI、元宇宙……我们时刻被裹挟其中，甚至见证着它们逐渐成为鲜活典型的现实。启蒙理性与技术理性在这个时代博弈，也逐渐地彼此妥协。生于 1988 年的慕明既不是完全的启蒙主义者或传统的现实主义作家，但她同样不是纯然生活在异次元的 Z 世代人，因而不可能以技术为个人生活的本位与全部。慕明所做的，正是在这个特殊的地带寻找自己的"信"，也唯有在这样，才能在理解自我的同时理解技术并与之共存，不至于像小说中的颜菲一样坠入技术虚无主义的深渊。

三

也正是在这个意义上，我将慕明的小说视作现代科技以及理性主义的美学呈现。她的作品虽然多着眼于未来社会或幻想世界，但其语言风格与精神内蕴，都显示出作者深厚的古典文化素养，《宛转环》最能体现这种美学。小说中的茝儿偶然得到一副流落民间的"宛转环"，构思精妙、巧夺天工，一家人视作珍宝；茝儿的父亲祁幼文辞官还乡后寄情山水，以水墨画为图纸在城外造园。小说中，宛转环巧借琢空之法，祁幼文造园则选向心之法、互否之法与互含之法；宛转环雕琢的是空间，园林则再造一个世界，但两者都是在有限的时空内试图再现天地万物。这里不仅蕴含着空间与留白之美，所谓"小中见大、欲扬先抑"等造园术，皆内含中国古典文化所倡导的圆融、平衡、相生相克、因事因势等精神。祁幼文希望以一方天地抵御外界的侵扰，在其中实现天人合一、物我两忘，这种人与自然和谐统一的追求，始终是中国古典美学与古典文化的要义。与此同时，祁幼文身上更寄托着作者的道德理想，他少年为官，目睹了朝局之乱、百姓之苦，虽有兼济天下的理想，无奈不容于现实，只能选择独善其身——这是中国古代典型的"隐士"之路。然而遗憾的是，祁幼文与那个时代许多具有悲剧命运的知识分子一样，退而遁世依旧不得，唯有宁为玉碎不为瓦全，牺牲自我以保全了最后的尊严和风骨。生逢乱世，祁幼文不改其志，他所坚守的礼义道德以及他的温和、敦厚、翩翩风度，都承载并传递着作者的审美偏好、伦理价值。

我猜想，慕明关于未来世界的幻想蓝图中，美学、道德、人文理想应该与技术进步同样重要。小说《假手于人》所展示的，可能是最接近于这种理想的未来技术：手艺人老唐想要留住古老的传统以及这种传统所衍生的生活与手艺人的自尊，而小徐看重的则是"传统手工艺中积攒千年的海量知识，及关联的大脑运作模式"，他试图通过提取、建模、数学化、一般化等过程，将这些传统和手艺"从口耳相传的古老桎梏中解放"，并最终运用于更广泛的领域。小说中，罹患脑癌的老唐想要手术已是人力不可为，女儿放手一搏，让小徐所研发的、以老唐的手为建模的机械手代替医生完成了手术。可以说，是小徐的技术救了老唐，更是老唐的"手"救了他自己。

坦白说，作为一个人文学科背景的读者，我对慕明小说中那些艰深复杂的信息理学、拓扑结构、人机交互、非同质化代币等概念大多并不了解。与我单薄的知识结构相比，慕明的写作涉及丰富而开阔的领域：数学、信息学、古典文学、绘画艺术……相比于前辈作家所热衷的追问历史、反思当下，以慕明为代表的新一代写作者，他们钟情于在现有秩序之上发现新的维度，他们将目光投向现实之外的幻想世界、地球之外的宇宙空间，投向一切新奇而未被充分挖掘的地方。多样的知识背景、国际化的视野、辩证的思维方式以及去中心化价值、游戏精神，等等，新一代作家笔下的种种新变，来源于科技时代对这代人的观念改造，同时更由此生发出一种全新的写作。

如果我们回想一下20世纪末所做的未来想象，会发现其中构建的世界与当下现实还有颇多差距。但不可否认，那时的人们已经意识到，在新世纪，科学技术将是人类生活中最大的变革者。在今天，科幻已经不仅是一种类型文学，它与所有新的现实联通，颠覆着人的观念与意识，也昭示着未来世界的文学格局。科幻小说、幻想小说的意义并不是为了预测未来，更重要的是打开另一重的空间，它所代表的是一种通向"无限"的可能性——或许幻想未来，就是幻想更多的可能性。

在这个意义上，我愿与慕明一同期待那个不远的新世代：

> 我们要建成一座连接了人手、脑和无数种器物的庞大数据库，永久保存在网络中，即使再过千年，所有手作之物都化为尘土，承载了漫长文明和演化历史的人类行为模式，也仍鲜活，可能存在于血肉之躯里，也可能存在于金属与电路搭成的身体中。

> 再往后，我们会找眼、找耳、找鼻、找舌。我们将重新定义所有感官，定义人和世界相互理解、交互的接口。这将成为与物理世界相平行、相补充的一个

新层级。这将是人所能认识的唯一世界，也将是不受大自然赋予的肉体束缚的、真正的人。千百万年后，人终于能获得真正的自由。

——这可真是太酷了。